아프가니스탄의
눈물

❷ 엄마를 찾아서

Parvana's Journey

Parvana's Journey by Deborah Ellis
Copyright ©2002 by Deborah Ellis. All right reserved.
First publisher in Canada by Groundwood Books Ltd.

Korean edition is published by arrangement with
Deborah Ellis & Groundwood Books Ltd.
through Corea Literary Agency, Seoul
Copyright ©2008 Namu Books

아프가니스탄의 **눈물**
❷ 엄마를 찾아서

첫판 1쇄| 2008년 3월 20일
첫판 4쇄| 2012년 05월 15일
지은이| 데보라 엘리스
옮긴이| 권혁정
펴낸이| 엄민영
펴낸곳| 나무처럼

주소| 121-894 서울시 마포구 서교동 377-13 성은빌딩 102호
전화| 02)337-7253
팩스| 02)337-7230
E-mail|namubooks@naver.com

ISBN|978-89-92877-05-3 44840
        978-89-92877-03-9 44840(전3권)

© 나무처럼 2008

* 잘못된 책은 바꿔드립니다.
* 책값은 뒤표지에 있습니다.

국립중앙도서관 출판시도서목록(CIP)

아프가니스탄의 눈물. 2, 엄마를 찾아서 / 데보라 엘리스 지음
; 권혁정 옮김 — 서울 : 나무처럼, 2008
p. : cm

원표제 : Parvana's Journey
원저자명 : Deborah Ellis
영어 원작을 한국어로 번역
ISBN 978-89-92877-05-3 44840 : ₩9,000
ISBN 978-89-92877-03-9(세트)

843-KDC4   CIP2008000718

아프가니스탄의 눈물

❷ 엄마를 찾아서
Parvana's Journey

데보라 엘리스 지음
권혁정 옮김

나무처럼

차례

2권

엄마를 찾아서
Parvana's Journey

1
돌무덤

 낯선 남자가 아버지 무덤의 진흙 봉분을 얌전히 토닥거렸다.

마을 회교도 학자가 죽은 사람을 위한 기도문 낭송을 마치자 조촐한 장례 의식은 모두 끝났다.

파르바나는 무덤가에 꿇어앉아 작고 날카로운 돌들을 파낸 다음 커다란 돌을 그러모아 무덤에 올려놓았다.

하나하나 천천히.

서두를 이유는 없었다. 그녀는 딱히 가야 할 데도 없다.

돌이 부족했다. 파르바나가 모은 돌로는 겨우 무덤의 절반밖에 덮을 수가 없다.

"그렇게 바짝 붙여놓으면 다 덮을 수 없잖아."

어떤 남자가 몸을 구부려 돌을 흩어놓았다.

파르바나는 돌 사이에 틈이 생기는 것을 원치 않았다. 다른 무덤에서 돌을 가지고 올까 생각했지만 그것은 옳지 않은 일이다. 파르바나는 나중에 돌을 더 가져올 작정이었다. 아프가니스탄에는 무엇보다 돌이 풍부하다.

"이제 그만 일어나거라. 여기에 더 있을 필요는 없단다."

어떤 사람이 파르바나에게 말했다.

파르바나는 남자 옷에 커다란 숄을 걸치고 머리카락은 여전히 짧았다.

"그냥 내버려둬. 아버지를 잃은 슬픔이 얼마나 크겠어."

다른 사람이 말했다.

"죽은 사람을 애도해야 하긴 하지만, 여긴 진흙 바닥이란다. 애야, 일어나거라. 아버지께 자랑스러운 강한 아들이 돼야지."

'아버지와 저를 두고 먼저 가세요.'

파르바나는 아버지 곁에 좀더 머물고 싶어서 이렇게 말하고 싶었지만 아무 말도 하지 않았다. 그녀는 일어서서 무릎에 묻은 먼지를 털어내고 묘지를 둘러보았다.

묘지는 마을 규모에 비해 큰 편이지만, 무덤은 아무런 규칙도 없이 제멋대로 널려 있었다. 마을 사람들이 자기가 묻은 사람이 마지막 인양 아무데나 무덤을 만들어 놓았기 때문이다.

파르바나는 카불에서 슈아우지아와 함께 공동묘지에서 뼈를 캐어 팔아서 돈을 벌던 기억을 더듬었다.

'아버지를 파헤치면 안 되는데……'

파르바나는 아무도 아버지를 괴롭히지 못하도록 무덤에 더 많은 돌을 쌓아야 한다고 생각했다.

파르바나는 이곳 사람들에게 아버지 이야기를 하고 싶었다. 아버지는 멋진 선생님이었고, 자식들을 사랑한 정말 자상한 분이셨다고. 그런데 안타깝게도 학교가 폭파될 때 한쪽 다리를 잃었고, 그리고 자신은 지금 여기 이렇게 홀로 남았다고. 하지만 아무 말도 하지 않았다.

주위에 있는 사람 대부분은 나이가 많거나 부상을 당했다. 한쪽 팔과 한쪽 눈, 아니면 한쪽 발이 없다. 그나마 젊은 남자들은 전쟁에 끌려나가서 죽거나 불구가 됐다.

"많은 사람이 여기서 죽었어. 우린 탈레반에게 폭격을 받기도 하고, 어떨 땐 그 반대편에게 폭격을 당하기도 하지. 우린 농부였지만 지금은 폭격의 목표물일 뿐이야."

한 남자가 파르바나에게 설명했다.

아버지는 폭격으로 죽지 않았다. 그냥 돌아가셨다.

"이제 넌 누구와 함께 사니?"

파르바나는 울지 않으려고 얼굴에 힘을 주었다.

"전 혼자예요."

그녀가 가까스로 말했다.

"나와 함께 가자. 내 아내가 널 돌봐 줄 거야."

아버지 무덤가에는 남자들만 있었다. 여자들은 집에 있어야만 했다. 탈레반은 여자들이 밖으로 돌아다니지 못하게 한다. 파르바나는 탈레반이 왜 여자들을 증오하는지 이해하려는 것을 포기했다. 생각해야 할 다른 일이 너무 많았다.

"어서 가자, 애야."

남자가 재촉했다. 남자는 친절했다. 할 수 없이 파르바나는 아버지 무덤을 떠나 그를 따라갔다. 다른 사람들도 함께 갔다. 그들은 신발을 질질 끌며 걸었고 길은 온통 먼지투성이가 되었다.

"이름이 뭐니?"

남자가 물었다.

"카시임요."

파르바나는 자신에 관한 진실을 이야기하는 데 있어 누구를 믿고 누구를 믿지 말아야 하는지 더는 고민하지 않았다. 진실은 그녀를 체포할 수도, 죽음으로 몰고 갈 수도 있다. 왜래 아무도 믿지 않는 게 더 쉽고 안전했다.

"먼저 네가 지내던 곳에 가서 물건을 가지고 집으로 가자."

남자는 파르바나와 아버지가 지은 집을 알고 있었다. 그는 아버지 시체를 묘지로 옮겨준 고마운 사람 중 하나였다. 파르바나는 그가 정기적으로 아버지를 돌봐주는 사람들 중 한 사람이라 생각했지만 확신할 수는 없었다. 지난 몇 주 동안 일어났던 일이 머릿속에 흐릿하게 남아 있을 뿐 그 어느 것도 생생한 것이 없었다.

파르바나와 아버지가 임시로 지은 집은 마을 끝에 있었다. 집 앞엔 폭격으로 무너진 흙벽이 흉물처럼 남아 있었다. 챙겨 갈 물건은 거의 없었다. 아버지와 함께 옷가지도 묻었다.

파르바나는 집으로 들어가 짐을 꾸렸다. 그녀는 울고 싶었지만, 밖에서 기다리는 사람이 들을까봐 짐 싸는 일에 집중하며 울지 않으려고 애썼다.

파르바나는 담요를 말고, 샬와르 까미즈와 작은 냄비를 하나로 묶었다. 카불에서 길을 떠날 때 가져왔던 물건들이다. 함께 아버지 가방도 들었다. 가방에는 아버지의 펜과 성냥과 같은 작은 물건들, 그리고 탈레반에게 빼앗기지 않으려고 숨겨놓았던 귀중한 책들이 들어 있었다.

파르바나는 짐을 끌고 나와 한쪽으로 기울어져 있는 텐트를 무너뜨린 후 그것을 접어서 담요와 함께 둘러맸다.

"다 됐어요."

파르바나가 돌아서며 말했다.

남자는 짐 꾸러미 하나를 들고서 마을 쪽으로 길을 안내했다.

파르바나는 거친 진흙으로 지은 집들과 폭격으로 망가진 파편 더미에는 관심이 없었다. 아버지와 여행하면서 그런 것을 너무나 많이 보았다. 마을 골목에서는 아이들이 뛰어놀고, 집집이 마당에는 꽃이 만발하고…… 폭격을 당하기 전에 마을이 그랬을 거라는 상상은 이제 더는 하지 않기로 했다. 매일 먹을 식량도 구하기 어려운데 꽃을 가꿀 시간이나 있겠는가? 파르바나는 머리를 숙이고 자갈을 발로 차면서 걸었다.

"여기야."

남자는 진흙으로 지은 작은 오두막 앞에서 걸음을 멈추었다.

"다섯 번이나 폭탄으로 파괴되었는데 매번 다시 지었단다."

남자가 자랑스럽게 말했다.

출입문을 덮고 있는 너덜너덜한 녹색 천이 바람에 펄럭였다. 남자는 천을 들어올리며 파르바나에게 들어가라는 몸짓을 했다.

"불쌍한 아이를 데리고 왔어."

남자가 아내에게 말했다.

쪼그리고 앉아서 바느질하던 여자가 일을 멈추고 일어섰다. 한쪽 구석에 앉아 있던 여자 아이 세 명이 파르바나를 빤히 바라보았다.

여자는 파르바나에게 어두운 방에서 제일 좋은 자리를 내주었다. 파르바나는 얇은 매트 위에 앉아서 여자가 내온 차를 마셨다. 따뜻한 차는 위로가 되었다.

"우린 아들을 잃었어. 다른 두 딸처럼 병으로 죽었지. 우리 아들이 되어 주겠니?"

여자가 말했다.

"전 가족을 찾아야 해요."

"아버지 외에 가족이 또 있니?"

"엄마와 노리아, 여동생 마르얌, 그리고 남동생 아리 이렇게 넷이에요."

파르바나는 가족 이름을 말하면서 마음속으로 그들을 그려보았다. 다시 눈물이 쏟아졌다. 허드렛일을 시키던 엄마의 목소리도, 심술궂은 노리아의 목소리도 듣고 싶었고, 동생들도 안아보고 싶었다.

"우리 가족도 여기저기 흩어져 살아……."

여자가 무슨 말인가 더 하려고 하는데 이웃집 남자들이 찾아왔다. 여자는 재빨리 부르카를 입고 차를 내왔다. 그리고 구석에 조용히 얼굴을 가리고 앉아 있었다.

남자들은 벽 쪽에 있는 매트에 앉아서 파르바나를 바라보았다. 묘지에 같이 있던 사람들이다.

"다른 곳에 가족이 있다고?"

한 남자가 물었다.

파르바나는 가족 이름을 다시 말했다. 처음보다 마음이 덜 아팠다.

"가족이 파키스탄에 있니?"

"어디 있는지 모르겠어요. 아버지와 저는 가족을 찾으려고 카불에서 이곳까지 왔어요. 가족은 결혼식 때문에 마자리 샤리프에 갔는데, 탈레반이 마자리를 점령해서 지금은 소식이 끊겼어요. 아버지와 저는 카불 북쪽의 난민촌에서 겨울을 보냈어요. 그곳에서 아버지는 아프셨지만, 봄에 우리는 다시 길을 떠났어요."

파르바나는 아버지가 점점 더 약해졌다는 사실은 말하고 싶지 않았다. 며칠 동안 아프간의 황무지를 걸으면서 아버지는 곧 죽을 사람처럼 보였다. 이 마을에 도착했을 때는 한 발짝도 움직일 수가 없는 상태였어요.

지금까지 파르바나는 아버지와 함께 여기저기 헤매고 다녔다. 이 마을 저 마을에 임시로 집을 짓고 지내기도 하고, 전쟁으로 거처를 잃은 사람들이 모여 사는 난민촌에서 보내기도 했다. 아버지의 기침이 심해지면서 병이 악화해 움직이지 못했던 때도 있었다. 아버지는 많이 지치고 허약해져 음식조차 넘기지 못했다. 파르바나는 여기저기 돌아다니며 필사적으로 아버지가 먹을 만한 것을 찾아다녔지만, 거의 빈손으로 돌아왔다.

파르바나는 남자들에게 이런 이야기는 하지 않았다. 아버지가 영국에 가서 공부한 이유 때문에 탈레반에게 체포되어 교도소에 갔었다는 이야기도 역시 하지 않았다.

"우리와 이 마을에서 살자. 이곳에 네 집도 짓고."

한 남자가 말했다.

"가족을 찾아야 해요."

"그건 매우 중요한 일이지만 너 혼자 아프가니스탄을 돌아다니는 것은 안전하지 않아. 네가 어른이 되면 가족을 다시 찾을 수 있을 거야."

다른 남자가 말했다.

그 순간 피곤함이 탱크처럼 밀려들었다.

"여기에 있겠어요."

갑자기 피곤이 몰려들어 사람들과 더는 이야기를 나눌 수가 없었다. 파르바나의 머리가 가슴으로 뚝 떨어졌다. 여자가 파르바나를 눕히고 담요를 덮어주었다.

파르바나는 몇 주 동안 이 마을에서 지냈다. 그녀는 아버지 무덤에 돌을 쌓으며 마을을 떠날 용기를 내려고 노력했다.

여자 아이들은 파르바나가 나아지는 데 도움을 주었다. 파르바나는 어린 아이들과 실뜨기를 하면서 놀았다. 파르바나보다 한두 살쯤 어려보이는 아이가 제일 큰아이였다. 그 아이는 파르바나와 함께 매일 무덤에 가서 돌을 쌓았다.

비록 친엄마는 아니더라도 돌봐주고 요리해주는 어른이 있는 것이 위로가 되었다. 주위에서 일어나는 요리나 청소 같은 일상적인 일이, 평범한 삶을 살고 있다는 느낌이 들게 해줬다. 파르바나는 손님이라는 이유로 집안일을 돕지 않았다. 그래서 대부분 쉬면서 아버지를 애도했다.

파르바나는 그들의 아들이 돼달라는 청을 받았지만 그럴 수 없었다. 그녀는 가족을 찾아야 했다. 영원히 남자로 살 수는 없는 없을 테니까. 그녀는 이미 열세 살이다.

그러던 어느 날 오후 마을 아이들이 파르바나가 사는 집으로 머리를 들이밀었다.

"우리와 어디 좀 갈래? 지금 갈 수 있어?"

아이들은 마을에서 가장 멋진 것을 보러 가자고 졸라댔다. 파르바나는 아무것도 보고 싶지 않았지만 할 수 없이 응했다.

"그래, 가자."

아이들은 파르바나 손을 이끌면서 마을에서 꽤 멀리 떨어진 언덕으로 올라갔다. 녹슨 소련 탱크가 언덕 꼭대기에 있었다. 아이들은 그네에 올라타듯 탱크에 올라가 놀았다. 파르바나는 옛날 카불 학교운동장에 있던 그네를 희미하게 기억해냈다. 아이들은 손가락 총으로 전투놀이를 하면서 모두 죽을 때까지 총을 쏘아댔다. 그런 다음 다시 전투놀이를 하며 뛰어다녔다.

"멋지지 않아? 우리 마을은 탱크가 있는 유일한 마을이야."

파르바나가 고개를 끄덕였다. 그녀는 탱크와 함께 추락한 전투용 비행기도 수없이 봐왔다. 하지만 그런 사실을 아이들에게 말하지 않았다. 파르바나는 탱크에서 죽은 귀신이 뛰어나와 자신을 덮칠까봐 두려워 항상 그 주위를 피해 다녔다.

다음날 밤 파르바나는 자신을 부드럽게 흔드는 손길에 깼다.

작은 손이 소리치지 못하게 입을 막았다.

"밖으로 나와."

조그만 목소리로 귀에 속삭였다. 이 집 맏이의 목소리였다. 아이는 파르바나의 짐을 들고 문밖으로 나갔다. 가족이 잠을 자고 있으므로 매우 조용히 움직여야 했다.

파르바나도 신발과 담요를 들고 살금살금 밖으로 나갔다.

"지금 떠나야 해. 동네 어른들이 하는 말을 들었어. 사람들이 오빠를 탈레반에게 넘긴대. 군사들이 이리로 올 거야. 사람들은 그 대가로 돈을 받을 거로 생각해."

파르바나가 밖으로 나오자마자 아이가 말했다.

파르바나는 담요를 말아 어깨에 메고 급히 신발을 신었다. 파르바나는 바들바들 떨고 있었다. 아이의 말이 사실이라 믿기 때문이다. 그녀는 아버지와 함께 지냈던 난민촌에서 그런 이야기를 수없이 들었다.

"음식과 마실 것을 좀 쌌어. 몰래 갖고 올 수 있는 건 이게 다야. 다른 마을에 도착할 때까지는 먹을 수 있을 거야."

아이가 파르바나에게 보따리를 건넸다.

"어떻게 보답해야 하지?"

"날 데려가 줘. 내 인생은 여기에 없어. 다른 어딘가에 여기보다 나은 곳이 있을 거야. 그렇지만 나 혼자선 갈 수 없어."

여자아이는 애원했다.

파르바나는 아이 얼굴을 볼 수 없었다. 만약 아이를 데리고 간다면 마을 사람들의 추격을 받게 될 것이다. 아이는 가족에게도 불명예를 준 끔찍한 골칫덩이가 될 것이고, 파르바나는 탈레반에게 넘겨질 것이다.

파르바나는 동생들을 그리워하는 마음으로 아이를 안았다.

"집으로 들어가. 미안하지만 난 널 도울 수가 없어."

파르바나는 엄격하게 말했다. 그런 다음 짐을 들고 돌아서서 뒤도 돌아보지 않고 마을을 빠져나갔다.

파르바나는 다음날 새벽 태양이 하늘에 낮게 뜰 때까지 멈추지 않고 걸었다. 잠시, 그녀는 둥근 돌 위에 앉아서 아프간의 경치를 바라보았다. 땅은 대부분 발가벗은 채 바위로 가득 차 있었지만, 언덕은 하늘의 빛을 받아 붉은색을 띠고 있었다.

파르바나는 낸과 차가운 차를 마셨다. 주위에는 아무것도 없고 단지 언덕과 하늘만 있을 뿐이었다.

"난 혼자야!"

파르바나가 큰 소리로 외쳤다. 그녀의 목소리가 잠깐 허공에 떠다니다 사라졌다. 파르바나는 누군가와 말을 하고 싶었다.

"슈아우지아가 있으면 좋겠다."

슈아우지아는 파르바나의 가장 친한 친구이다. 그들은 카불 시장에서 남자로 위장해 돈을 벌었다. 그러나 슈아우지아는 지금쯤 파키스탄에 있을 거고, 아쉽지만 그녀와 이야기할 어떤 방법도 없다.

아니, 어쩌면 방법이 있을지도 모른다. 파르바나는 아버지 가방에서 펜과 노트를 꺼냈다. 그리고 가방을 책상 삼아 편지를 쓰기 시작했다.

슈아우지아에게

일주일 전에 아버지를 묻었어.

2
희망을 잃은 사람들

 "14×5는 70, 14×6은 84, 14×7은 98……."

파르바나는 황량한 언덕을 걸으며 혼자 구구단을 암기했다. 아버지가 가르쳐준 방법이다.

"이 세상이 우리 교실이야."

아버지는 파르바나에게 과학이나 지리를 가르치기 전에 항상 이렇게 말했다. 아버지는 역사 선생님이었지만 다른 과목에 대해서도 많이 알고 있었다.

두 사람은 가족을 찾으려고 마을에서 마을까지 혹은 난민촌에서 또 다른 난민촌까지 짐수레나 트럭을 타고 이동할 때도 있었지만, 대부분은 걸어야 했다. 그럴 때마다 아버지의 수업은 발걸음을 재촉했다.

두 사람만 있게 되면 아버지는 파르바나에게 영어를 가르쳤다. 걸음을 멈추고 잠시 쉬면서 진흙에 알파벳을 써가며 읽는 법과 말하는 법을 가르쳐주셨다. 아버지는 셰익스피어의 희곡에 대해서도 이야기했고, 영국에 대해서도 이야기해주셨다.

청명한 달밤 아버지는 피곤하지 않으면 별과 행성에 대해서도 알려주었다. 춥고 긴 겨울 동안에는 위대한 아프간과 페르시아의 시인에 대해서도 알려주었다. 아버지는 그들의 시를 암송했다. 파르바나가 시를 암송할 수 있을 때까지 계속해서 되풀이했다.

"네 머리도 연습이 필요해, 네 몸과 똑같이. 게으른 머리는 아무짝에도 쓸모가 없거든."

아버지가 말했다.

가끔 그들은 걸으면서 다른 가족에 대해서도 얘기했다.

"아리는 얼마나 컸을까?"

아버지가 교도소에 몇 달간 있다가 풀려났을 때 아리는 가족과 함께 카불을 떠났다. 그 때문에 아버지는 아리가 얼마나 자랐는지 전혀 짐작하지 못했다. 파르바나는 마지막으로 보았을 때의 아리의 키를 생각하면서 동생이 얼마나 컸을지 상상해보았다.

"마르얌은 매우 똑똑해요."

"내 딸들은 다 똑똑하지. 너희는 모두 강하고 용감한 여성으로 자라나서 가난한 아프가니스탄을 재건할 사람이 되어야 한다."

파르바나와 아버지는 가족이 마치 휴가라도 떠나 있는 것처럼 말했다. 걱정거리에 대해서는 서로 아무 말도 하지 않았다.

가끔 그들은 침묵을 지키면서 길을 걸었다. 그것은 아버지가 매우 고통스럽다는 뜻이다. 학교가 폭파되었을 때 받았던 상처와 교도소에서 당한 매질, 그리고 난민촌에서 제대로 치료받지 못하고, 음식도 먹지 못한 상태에서, 계속되는 여행이 아버지를 고통스럽게 했다.

"잠시 쉬어야겠어요, 아버지."

그러나 아버지의 대답은 항상 똑같았다.

"여기서 멈추면 우린 죽는다. 계속 가야 해."

파르바나는 어떤 노력으로도 상황을 나아지게 할 수 없었던 그 당시가 너무나 싫었다.

파르바나는 배에 익숙한 고통을 느꼈다. 아이가 준 주먹밥과 낸, 그리고 말린 오디로 사흘간이나 버텼다. 음식을 한꺼번에 먹어 빨리 없어지는 것을 막으려고 파르바나는 한 번에 아주 조금씩만 먹은 후 다시 음식을 싸서 재빨리 보따리에 넣었다. 그러나 마을을 떠난 지 벌써 나흘이나 되었고, 이제 먹을거리는 아무것도 남아 있지 않다.

"14×8은 112, 14×9는 122. 아니야, 틀렸어."

파르바나는 틀린 것을 알아내어 다시 고치려 했지만 너무 배가 고파서 제대로 생각할 수가 없었다.

그때 어떤 소리가, 사람 소리도 아니고 동물 소리도 아니고 기계 소리도 아닌 이상한 소리가 들려왔다. 소리는 높아졌다가 다시 낮아졌다. 파르바나는 그 소리가 언덕에서 윙윙 소리를 내며 불어오는 바람이라고 생각했다. 그러나 바람 한 점 느낄 수 없는 무더운 날씨였다.

파르바나는 그리 높지 않은 언덕들로 둘러싸인 작은 계곡을 지나가고 있었다. 이상한 소리는 언덕을 따라 들렸다. 어디에서 소리가 나는지 제대로 알 수 없었다. 파르바나는 숨을까 생각해보았지만 숨을 만한 나무나 커다란 돌도 없었다.

"계속 가지 뭐."

파르바나는 큰 소리로 말했다. 자신의 커다란 목소리가 그나마 위안이 되었다.

파르바나가 계곡으로 난 오솔길을 몸을 흔들며 내려가는데 이상한 소리가 또 들렸다. 바로 위에서 나는 소리였다.

파르바나는 손을 들어 위를 올려다보았다. 작은 언덕 꼭대기에 웅크리고 앉아 있는 여자의 모습이 보였다. 마침, 바람에 부르카가 벗겨지면서 얼굴이 드러났다. 정체를 알 수 없는 섬뜩한 소리는 그 여자가 내는 소리였다.

파르바나는 그 언덕 위로 터벅터벅 올라갔다. 등에 짐을 메

고 언덕을 오르는 일은 꽤 힘들었다. 언덕 꼭대기에 도착했을
때는 온몸이 땀에 젖고 숨이 목까지 차올랐다.

파르바나는 말하기 전에 가쁜 숨을 몰아쉬면서 여자에게 손
을 흔들어 보였다. 그래도 울부짖는 소리는 멈추지 않았다.

"괜찮아요?"

파르바나가 물어도 여자는 대답이 없었다.

"혹시 먹을 거나 마실 거 있어요?"

여자는 여전히 아무 말도 하지 않고 울기만 했다.

이 여자는 어디에서 온 것일까?

파르바나는 근처에서 마을이나 사람을 보지 못했다. 여자는
가방이나 짐도 없었고 어떤 종류의 여정을 했는지 보여주는 단
서도 아무것도 없었다.

"이름이 뭐예요? 어디에서 왔어요? 어디로 가는 거예요?"

여자는 파르바나를 쳐다보려고도 하지 않았다. 앞에 사람이
서 있다는 사실도 못 느끼는 것 같았다.

파르바나는 짐을 내려놓고 여자 얼굴 앞에서 팔을 흔들었다.
펄쩍펄쩍 뛰기도 하고, 여자 귀에다 손뼉도 쳐보았다. 그러나
여자는 여전히 아무 말 없이 흐느끼기만 했다.

"그만 울어요. 멈추라고요. 날 좀 봐요!"

파르바나가 소리치며 여자의 어깨를 잡고 거칠게 흔들어댔다.

"당신은 어른이잖아요. 당신이 날 돌봐줘야 하는 거라고요!"

그러나 여자는 계속해서 울기만 했다.

파르바나는 여자를 때려주고 싶었다. 여자가 울음을 그치고 진저리칠 때까지 발로 걷어차고 난폭하게 떠다밀고 싶었다. 실제로 파르바나는 여자를 흔들어대다 화가 나서 뺨을 세게 때리고 말았다.

여자의 눈은 죽어 있었다. 눈에 생명이라곤 남아 있지 않았다. 파르바나는 전에 난민촌에서 그런 모습을 본 적이 있다. 모든 것을 잃어버린 사람들의 눈이 그랬다. 그들은 사랑, 상냥함, 웃음과 희망 모두를 포기했다.

"몇몇 사람들은 실제로 죽기 전에 미리 죽기도 하지. 그들에겐 고요함과 휴식이 필요하고, 그런 상황을 알아 도움을 줄 의사가 필요하지만, 난민촌에서 어디서 그런 의사를 구하겠니? 담요조차 구하기가 어려운데. 그런 사람들을 피해라, 파르바나야. 넌 그들을 도울 수 없어. 어쩌면 그들은 네 희망마저 빼앗아갈지 몰라."

파르바나는 그런 아버지 말이 기억나서 더는 때리지 않았다. 여자는 파르바나를 도울 수 없었고 파르바나도 여자를 도울 수 없었다. 그녀는 짐을 들고 얼른 언덕을 내려갔다. 그리고는 여자의 슬픈 소리를 뒤로 한 채 도망치듯 달려갔다. 그 소리가 완전히 사라질 때까지.

3
유령도시

그날 오후 늦게 파르바나는 작은 산등성이 꼭대기에 올라가 배를 깔고 엎드려 아래를 내려다보았다. 진흙으로 만든 오두막들이 옹기종기 모여 있던, 작은 마을은 흔적도 없이 파괴됐다. 파르바나는 폭격의 피해를 잘 안다. 아프가니스탄에서 전쟁은 20년 이상 계속됐다. 누군가 항상 다른 어딘가를 폭파시키고 있었다. 많은 카불에도 폭탄이 떨어졌고, 다른 작은 마을에도 떨어졌다.

마을에는 문가에서 펄럭이는 천 조각을 빼고는 움직이는 것이 아무것도 없었다.

파르바나는 병사들이 마을을 폭파한 후 가끔 그 안에 들어와 사람들이 포기하고 떠난 집에서 살기도 한다는 걸 알고 있다. 아버지와 다니면서 그런 경우를 제법 보았다.

오랫동안 마을을 지켜보았지만 다른 움직임은 없었다. 파르바나는 천천히 산등성이를 내려왔다. 벽들은 대부분 파괴되었으나 군사들이 숨을 만한 장소는 아직도 많았다.

마을로 내려온 파르바나는 조심스럽게 걸으며 작은 집 안으로 들어가 무엇이 남아 있는지 살짝 엿보았다. 매트리스, 양탄자, 냄비, 찻잔들이 여기저기 흩어져 있었다.

익숙한 광경이다. 그것은 살기 위해 허둥지둥 도망치고 난 후의 모습이다. 옛날에 살던 그녀의 집도 그와 같았다. 가족은 눈에 보이는 대로 물건을 집어들고 폭탄을 피해 도망쳤다.

파르바나는 이 집 사람들이 어디로 갔을지 궁금했다. 그들은 아마 안전하다고 생각되면 다시 돌아와 집을 지을 것이다.

버려진 마을에 혼자 서 있으니 왠지 등골이 오싹했다. 누군가가 지켜보는 느낌이 들었다. 그러나 마을에 남아 있는 사람은 아무도 없었다.

어디선가 옅은 울음소리가 바람에 섞여 들려왔다. 새끼 고양이 소리 같았다. 파르바나는 그 소리를 따라갔다.

울음소리는 마을 맨 끝에 있는 집에서 들려왔다. 파르바나는 출입문 앞에 멈추어 섰다. 천장 한쪽이 비스듬히 무너져있었다. 그녀는 소리가 들리는 곳 주위의 파편을 둘러보았다.

그때 뭔가가 눈에 들어왔다. 새끼 고양이는 아니었다.

방 한쪽 구석에는 아기가 누워 있었다. 더러운 천 조각 하나가 간신히 아기를 덮고 있었다. 그 천 조각도 우연히 바람에 날려온 것 같았다. 아기는 아무도 올 사람이 없다는 것을 아는 것처럼 힘없이 칭얼거렸다.

파르바나는 아기에게로 다가갔다.

"사람들이 너 혼자 두고 떠나갔니? 불쌍한 것 같으니……."

파르바나는 아기를 안았다.

"가족이 도망가느라고 너를 잊어버린 모양이구나?"

그때 파리 떼가 윙윙거리는 소리가 들렸다. 파르바나는 그 소리를 좇아가다 파편 밑에서 뭉개져 죽은 여자를 발견했다.

파르바나는 재빨리 아기를 데리고 밖으로 나와 밝은 햇빛이 눈에 들어가지 않도록 아기 눈을 가렸다.

"넌 버려진 게 아니었어. 엄마가 죽지만 않았으면 널 데리고 갔을 거야."

밝은 곳에서 보니 남자 아이였다. 아기는 거의 발가벗겨져 있었고, 몹시 더러웠다.

"좀 씻어야겠어. 아니, 그전에 뭘 좀 먹어야 할 텐데…… 둘러보면 먹을 것이 있을 거야."

파르바나는 아기를 데리고 개중에 덜 망가진 집으로 들어갔다. 아기를 방에 눕힌 다음 먹을 것을 찾아보려고 했으나 아기는 그녀에게서 떨어지지 않으려고 큰 소리로 울어댔다.

"알았어. 같이 가자."

파르바나는 아버지의 책과 다른 물건들을 내려놓고 아기를
안았다.

하나 남은 방 한쪽 구석에 밥이 조금 남은 냄비가 있었다. 밥
에는 곰팡이가 피어 있었다. 파르바나는 곰팡이를 박박 긁어냈
다. 작은 빵 조각도 있었지만 그것마저 퀴퀴한 냄새가 났다. 그
러나 문제될 건 없었다. 음식만 있으면 되는 거였다.

"아가야, 우리 잔치하자."

마을 저편에 냇가가 있는 것이 보였다. 그녀는 선반에서 주
전자를 꺼내서 물을 길어왔다.

아기는 컵으로는 물을 제대로 마시지 못했다. 물이 대부분
밑으로 흘러내렸다. 파르바나는 아기가 물을 조금씩 마셔야 한
다고 생각했다. 그녀는 냄새나는 빵을 물에 살짝 적셔서 아기
에게 먹였다. 아기는 파르바나에게 눈을 고정한 채 음식을 받
아먹었다.

"넌 헤어질 때 본 내 동생 아리와 비슷하구나. 아니, 아니야.
내가 잘못 봤어. 네가 더 작아. 어쨌든 난 아기가 더러워지는
이유가 뭔지 알아. 내가 깨끗이 씻겨줄게. 그리고 나도 씻고.
그런 다음 좀더 먹을 것을 줄게."

파르바나는 아기의 집으로 돌아와서 아기에게 입힐 깨끗한

옷이 있는지 찾아보았다. 손으로 뜬 작은 옷 하나와 몇 가지 천이 있었다. 다른 천은 기저귀로 사용하고 작은 헝겊은 아기의 모자로 쓰기로 했다. 집이 너무 많이 파괴되어서 다른 것은 더 찾을 수가 없었다.

파르바나는 아기 엄마를 그냥 방치하고 싶지 않았다.

묻어줘야 하는데 어쩔 수가 없어. 나 혼자서는 어떻게 할 수가 없어.

파르바나는 아기 엄마 얼굴에 천 조각 하나를 올려놓아 적어도 파리가 끓지 않게 해주었다.

파르바나는 깨끗한 옷을 가지고 냇가로 내려갔다.

"넌 참 착한 아이로구나."

파르바나는 더러운 옷을 벗기고 아기를 씻기면서 천진난만한 목소리로 어른들이 아기들에게 했던 말을 중얼거렸다.

"널 돌보는 일은 쉬워. 전혀 문제가 없어. 강아지를 기르는 일과 같아."

파르바나는 항상 강아지를 갖고 싶어했다.

물이 차가운데도 아기는 불평하지 않았다. 오직 파르바나만 쳐다볼 뿐이었다. 아기는 아주 오랫동안 더러운 기저귀를 하고 있었기 때문에 발진이 나 있었다. 몸은 몹시 말랐지만, 다행히 다친 데는 없었다.

파르바나는 아기를 씻기고 깨끗한 옷으로 갈아입혔다.

"기분이 훨씬 좋지 않니?"

아기는 아무런 반응도 보이지 않고 계속해서 파르바나만 쳐다보았다.

아마 아기의 가족은 파슈토어를 사용했을지도 모른다. 그래서 아기는 내가 한 말을 이해하지 못하는 거다. 그렇지만 그것은 아무런 문제가 되지 않는다. 옆에 말할 사람이 있다는 것만으로도 기쁜 일이다.

파르바나는 아기를 바위 사이에 앉힌 다음 담요로 몸을 감싸주고 그녀가 다른 곳으로 가지 않는다는 것을 볼 수 있게 해주었다. 샬와르 까미즈를 아이 옆에 내려놓은 후 파르바나는 더러운 옷을 벗고 물속으로 뛰어들었다.

"그래, 난 여자야. 그런데 이건 비밀이야. 알았지?"

파르바나는 모래를 이용해서 때를 벗겼다. 그런 다음 옷을 빨아 바위 위에 펼쳐놓았다.

파르바나는 마을로 돌아와 아기와 냄새나는 빵을 나눠 먹었다. 아기는 배가 부른지 곧 잠이 들었다.

파르바나는 토샤크에 아기를 눕히고 담요를 덮어 주었다. 그리고 옆에 앉아서 아기가 자는 모습을 지켜보았다. 아기는 깨끗하고 예뻤다. 아기의 손바닥을 만지자 작은 손가락이 파르바나의 커다란 손가락 하나를 감아쥐었다. 아기의 잠자는 얼굴과 새근새근 숨을 쉬는 모습에서는 참혹한 전쟁의 흔적을 찾아볼 수가 없었다.

"너를 하싼이라고 불러야겠다. 흔한 이름이니까."

파르바나는 아이 옆에 누웠다.

"좋은 꿈 꿔라. 얘기야."

파르바나도 곧 잠이 들었다.

파르바나는 다음날 아침에 일어나 마음껏 기지개를 켰다. 매트리스가 푹신해서 기분이 좋았다. 지금까지는 주로 딱딱한 땅위에서 잠을 잤었다. 파르바나는 매트리스를 작게 말아서 갖고다닐 수 없을까를 궁리해보았다.

하싼이 시끄럽게 옹알거리는 소리에 파르바나는 생각에서 깨어났다. 하싼은 파르바나를 쳐다보고 있다가 파르바나와 눈이 마주치자 바보같이 이를 드러내고 히죽 웃으며 팔을 흔들었다.

"잘 잤어, 하싼?"

옆에 사람이 있다는 것은 정말 좋은 일이다.

파르바나는 하싼을 안고 조심스럽게 밖을 내다보았다. 무척 조용했다. 그들이 자는 동안 마을에는 아무도 들어오지 않은 것 같았다.

"배고프겠구나! 건포도를 넣은 노란색 필라프는 어떨까? 구운 양고기는? 고기만두, 토마토, 양파 그리고 달콤한 국수 푸딩이 있어. 정말 맛있어 보이지 않니?"

메뉴를 말하면서 파르바나는 하싼을 업었다. 하싼은 파르바나가 책에서 본 원숭이처럼 등에 매달렸다. 파르바나는 녹색 곰팡이를 긁어낸 찬밥을 아기와 나눠 먹었다.

아침을 먹은 후 파르바나는 다른 집에서 혹시 쓸 만한 물건이 있는지 찾아보았다. 그러다 어떤 집 뒤에 있는 작은 헛간에서 염소 두 마리와 닭 몇 마리를 발견했다. 그녀는 어렴풋이 염소 젖 짜는 방법이 생각나 젖을 짜보았다. 그런데 정말로 그릇에 우유가 가득 찼다. 그녀는 우유를 한 모금 입에 넣어 맛을 보았다. 따뜻하고 달콤했다. 파르바나는 하싼에게 우유를 먹이고 자기도 마셨다.

암탉은 알을 빼앗기고 싶지 않은지 파르바나가 가까이 접근하면 손을 쪼아댔다.

"난 너보다 달걀이 더 절실해."

파르바나는 낡은 널빤지를 들어 닭들을 내리쳤다. 닭들이 꼬꼬댁 꼬꼬 울면서 파닥파닥 뛰어다녔다. 파르바나는 그 사이 잽싸게 달걀을 꺼내 선반 높은 곳에 올려놓았다. 실수로 발을 잘못 디뎌 달걀을 깨뜨리고 싶지 않았다.

파르바나는 이 집 저 집 다니면서 쓸 만한 물건들을 주워 모았다. 긴 천 조각에 이것저것 집어넣어 끌고 다녔다. 일을 마친 후 파르바나는 집 앞에다 주워온 물건들을 펼쳐놓았다.

"다른 사람이 쓰던 물건을 갖고 싶진 않지만, 너를 돌보려면 어쩔 수 없어."

파르바나는 주워온 물건을 바라보면서 가지고 다닐 수 있는 것을 골랐다. 날카로운 칼, 여분의 담요, 초, 성냥, 가위, 밧줄을 선택했다. 그런 다음 긴 손잡이가 있는 숟가락과 컵 두 개를 추가로 집었다. 하싼에게 컵을 잡고 마시는 법을 가르칠 생각이었다. 하싼은 영리해 보였다.

파르바나는 또 주먹밥을 만들었다. 밀가루, 밥, 양파, 당근, 말린 자두 등 모아온 음식으로 주먹밥을 만들어 빈 식용유통에 넣었다.

마지막으로 파르바나는 정말 운 좋게도 비누를 챙겼다. 비누는 장미 그림이 그려진 종이로 포장돼 있었다. 포장은 오래전에 한 것 같았다. 파르바나는 사람들이 어디에서 비누를 구했는지, 무슨 일에 비누를 썼는지 궁금했다.

파르바나는 짐 두 다발을 문가에 옮겨놓고 방에서 그동안 가지고 다녔던 짐을 가져와 그 옆에 내려놓았다.

"자 여행을 떠날 준비가 되었어. 엄마를 찾아야 해. 엄마를 만나더라도 내가 대장이야. 엄마가 아니고 내가. 알았지? 아마 노리아 언니가 대장이 되려고 할 거야. 당연히 그럴 거야. 언니는 원래 심술쟁이니까. 그렇지만 어림도 없는 소리."

준비를 다 마쳤지만 떠나고 싶지 않았다.

"이 집을 깨끗이 치워야겠어."

하싼은 토샤크 위에서 졸린 듯이 앉아 파르바나를 지켜보았다.

못에 걸려 있는 작은 빗자루로 파르바나는 마루를 깨끗이 쓸었다. 먼지가 많아서 시간이 오래 걸렸지만, 청소가 끝나자 마루는 훨씬 깨끗해 보였다. 마루를 청소해놓고 보니 대조적으로 다른 곳이 너무 더러워 보였다. 파르바나는 하싼을 자게 내버려두고 냇가에서 물을 길어와 벽과 선반을 닦았다. 냇가에 두 번이나 더 갔다 오자 금방 집 전체가 훤해졌다.

"밖에다 장미꽃을 심으면 좋겠어."

파르바나는 하싼이 깨지 않도록 재빨리 중얼거렸다.

"아프가니스탄 사람들은 아름다운 정원이 있는 집에서 살았었지."

부모님께 들은 이야기다. 그러나 정원은 모두 파르바나가 태어나기 전에 폭격으로 파괴되었다.

파르바나는 집 밖에다 더러운 물을 버리고 마당에는 청소하다가 젖은 옷을 널어놓았다. 피곤이 밀려왔다. 파르바나는 하싼 옆에 누워 곧 잠이 들었다.

파르바나는 한밤중에 깨어났다. 주위가 깜깜했다. 순간 여기가 어딘지 기억할 수가 없었다. 공포가 몰려왔다. 그때 하싼이 자면서 몸을 뒤척였다. 파르바나는 하싼을 안고 어둠에서 벗어나려고 눈을 감았다. 그리고 다시 잠으로 빠져들었다.

다음날 아침 파르바나는 냇가에서 요리하려고 불을 피웠다. 달걀 다섯 개를 프라이해서 먹기로 했다. 냄비에 기름을 조금

둘렀어야 했는데 너무 늦게 그 사실을 깨달았다. 달걀이 냄비 바닥에 들러붙어 옛날에 엄마가 만들어준 것과 같은 프라이 모양을 찾아볼 수가 없었다. 그렇지만 맛은 여전했다. 파르바나는 눌어붙은 달걀을 박박 긁어먹었다. 심지어 마지막 남은 한 조각까지도 남김없이 해치웠다.

달걀을 먹고 나자 닭 생각이 났다.

"어떻게 닭을 잡을 수 있을까?"

파르바나는 하싼을 데리고 헛간으로 가서 신선한 염소젖을 짜서 마셨다. 그런 다음 하싼을 짚단에 내려놓고 닭에게 시선을 돌렸다.

"너희 중 하나가 우리 저녁식사가 되어야겠다. 누가 지원할래?"

닭들은 꼼짝도 하지 않았다.

"난 너희보다 커."

파르바나는 가장 통통한 닭에게 몸을 돌리면서 말했다. 파르바나가 살금살금 기어가자 닭이 파르바나를 노려보았다. 그 순간 파르바나가 닭을 덮쳤다. 그러나 닭은 이미 달아나버렸다.

하싼이 생긋방긋거리며 웃었다.

"넌 하나도 도움이 되지 않는구나."

파르바나도 따라 웃었다.

닭들은 잡히지 않으려고 이리저리 뛰어다녔다. 파르바나는 작은 헛간에서 닭들을 쫓느라 정신이 없었다. 하싼은 계속해서 깔깔거리며 웃어댔다.

파르바나는 점찍어놓은 닭을 잡으려고 다시 한번 숨을 고르며 천천히 다가섰다. 그때 헛간 너머로 무언가 움직이는 게 눈에 잡혔다. 순간 파르바나는 하싼을 안고 미친 듯이 집으로 뛰어가 짐 꾸러미를 들고 마을 밖으로 뛰어나갔다.

멀리서 파르바나는 검은 터번을 두른 탈레반 병사들을 지켜보았다. 그들은 마을로 향하고 있었다.

탈레반이 나를 보면 남자 아이라고 생각하고 군대로 끌고 갈지도 몰라. 혹시 내가 여자라는 걸 알게 된다면…….

그 일은 너무 끔찍해서 생각조차 하고 싶지 않았다.

파르바나는 마을에서 멀리 떨어진 언덕으로 뛰어올라갔다.

하싼은 왜 울지 않았을까? 탈레반은 왜 내가 언덕을 오르는 것을 보지 못했을까? 짐도 많은데 나는 어떻게 비틀거리지 않고 뛸 수 있을까?

파르바나는 어떤 것도 알 수가 없었다. 그냥 계속해서 뛰기만 했다. 어느새 파르바나와 탈레반 사이에는 세 개의 언덕이 놓이게 되었다.

하싼은 난폭하게 부딪혀도 전혀 울지 않았다. 하싼은 이것이 즐거운 놀이라고 생각하는 것 같았다.

"네가 어려서 다행이야."

파르바나는 숨을 몰아쉬며 하싼 얼굴에 묻은 콧물을 닦아주었다.

파르바나는 짐을 모두 가지고 갈 수 없다는 사실을 깨달았다. 무거운 짐은 그녀를 금방 지치게 했다. 그렇다고 감히 음식을 버릴 수는 없는 노릇이다.

"언제 다시 우리가 음식을 얻게 될지 몰라."

다른 짐 꾸러미를 열어보아도 버릴 건 없다.

파르바나는 아버지 책에 시선을 모았다. 두툼한 장정으로 된 커다란 책 네 권과 작은 책 한 권이 있었다. 엄마가 카불에서 만든 지하 여성단체에서 만든 잡지 인쇄본도 있었다. 이 잡지는 파키스탄에서 인쇄해서 아프가니스탄으로 몰래 들여온 것이다. 엄마를 만나면 주라고 위이라 아줌마가 준 것이다.

"가장 큰 책 세 권을 묻어야겠어. 언젠가 돌아와서 다시 찾을 거야."

파르바나는 뾰족한 돌로 단단한 땅을 파서 책을 묻을 만큼의 구덩이를 만든 다음, 책 세 권을 집어들었다. 하나는 과학에 관한 책이고, 다른 하나는 역사에 관한 책이며, 마지막 하나는 페르시아 시집이다. 파르바나는 흙이 묻지 않도록 책을 천으로 싸서 묻고 싶었지만 여분의 천이 없었다. 그래서 할 수 없이 그냥 책을 묻고 붉은 흙으로 덮어버렸다.

파르바나는 흙을 토닥토닥 두드린 다음 돌을 올려놓았다. 뭔가가 묻혀 있다는 것을 모르게 하기 위해서였다. 파르바나는 아버지가 책과 함께 땅속에 묻혀 있다고 생각했다.

　무거운 마음으로 파르바나는 짐 꾸러미와 아이를 데리고 다시 걷기 시작했다.

4
동굴소년

파르바나는 동굴 입구 근처에 쪼그리고 앉아서 동굴 속으로 사라져가는 이상한 소리에 귀를 기울였다.

하쌴은 야단법석을 떨면서 꿈틀거렸다. 파르바나가 손으로 입을 막아도 전혀 상관하지 않았다. 하쌴은 계속해서 칭얼거리고, 발로 파르바나를 차고, 무엇인가 절규하는 듯한 소리를 마구 질러댔다.

여행하면서 아기를 데리고 다니는 일은 짐을 들고 다니는 것과는 달랐다. 짐은 어깨너머로 던질 수도 있고, 피곤할 때는 땅에 떨어뜨릴 수도 있으며, 어느 길로 가야 할지 잘 모를 때에는 땅바닥에 집어던질 수도 있다.

그러나 아기는 조심스럽게 데리고 다녀야 하고, 떨어뜨릴 수도 없으며, 던지거나 버릴 수도 없다. 하싼은 귀여웠지만 까다롭고 무거웠으며, 씻기지 않아 몸에서는 냄새가 났다.

파르바나는 등과 어깨에 통증을 느꼈다. 필요한 짐을 들고 다니는 것은 힘든 일이다. 곱셈을 외우는 일도 고통을 덜어주지 못했다. 작은 냇가 근처에 있는 이 동굴은 안에 늑대만 없다면 며칠 동안 쉬기에는 좋은 장소가 될 것 같았다.

하싼이 큰 소리로 울어대는 바람에 파르바나는 쉽게 동굴 안으로 들어가기가 어려웠다. 그녀는 먼저 입구에서 안을 살펴본 다음 조심스럽게 안으로 발을 들여놨다.

동굴은 다른 동굴보다 낮게 매달려 있는 돌기둥이 많았다. 희미한 어둠에 익숙해지자 동굴 안이 조금씩 보이기 시작했다. 동굴은 서 있기 충분할 만큼 높았고, 폭은 양손을 쭉 펴고도 남을 만큼 넓었다. 짐을 놓을 수 있는 여유 공간도 많았다. 바위는 누에고치처럼 동굴 주위에 솟아 있었는데, 안전하게 잘 수 있는 아늑한 휴식처로 아무 문제가 없었다. 파르바나는 이곳에서 잠시 머무르며 쉬고 싶었다.

"내 동굴에서 나가!"

파르바나는 깜짝 놀라 도망치기 시작했다. 동굴 벽을 타고 울리는 목소리가 들리지 않을 때까지 도망쳤다. 숨이 가빴지만 두려움 때문에 계속해서 도망쳤다.

잠시 후 파르바나는 속도를 줄이고 무서워서 제대로 듣지 못했던 목소리를 다시 떠올렸다. 동굴 안에서 들린 목소리는 아이의 목소리였다. 파르바나는 뛰던 것을 멈추고 숨을 몰아쉬며 돌아서서 동굴을 쳐다보았다.

한 아이에게 며칠간의 휴식을 통째로 빼앗기다니!

'가서 동굴에 누가 있는지 봐야겠어.'

파르바나는 동굴로 돌아갔다.

"누구 있어요?"

파르바나가 소리쳤다.

"내 동굴에서 나가라고 말했을 텐데!"

목소리가 들렸다. 분명히 어린아이 목소리였다.

"이 동굴이 네 것인 줄 어떻게 알아?"

"난 총을 갖고 있어. 나가지 않으면 쏴버릴 거야."

파르바나는 머뭇거렸다.

아프가니스탄에서는 소년들이 총을 가지고 다니는 일도 많았다. 그런데 이 아이가 총을 가지고 있다면 왜 미리 총을 쏘지 않았을까?

"널 믿지 않아. 난 네가 살인자라고 생각하지 않아. 넌 단지 나 같은 아이일 뿐이야."

파르바나는 몇 발자국 더 안으로 들어가면서 앞쪽을 보려고 노력했다.

돌멩이 하나가 어깨를 때렸다.

"그만 해! 아기가 있어!"

"물러가라고 경고했어!"

"난 단지 음식을 나눠 먹으려고 했을 뿐인데, 돌을 던지다니!"

한순간 조용해졌다.

"음식을 내려놓고 가!"

"요리해야 하는 거야!"

파르바나는 어깨너머로 말하면서 안으로 걸어갔다.

"먹고 싶으면 나와!"

파르바나는 하싼을 지켜볼 수 있는 곳에 내려놓고 요리를 하려고 죽은 잡초 줄기를 모았다. 냇가의 물은 깨끗하고 빠르게 흐르기 때문에 끓이지 않고 마셔도 안전하다고 생각했다.

파르바나는 그릇을 들고 냇가로 가서 물을 펐다.

"정말로 시원한 물이구나. 하싼, 맛있지? 그렇지! 다 마셔라. 그런 다음 따뜻한 저녁을 해먹자."

파르바나는 식사가 준비될 때까지 하싼을 조용히 시키려고 딱딱한 빵을 떼어주었다.

동굴 안에서 발을 질질 끌며 걷는 소리가 들렸다. 잠시 후 작은 소년이 어두컴컴한 동굴에서 모습을 드러내더니 비틀거리며 땅바닥으로 쓰러졌다.

소년의 몸은 진흙투성이였다. 그에게서 하수도 구멍을 열어

놓은 것 같은 악취가 풍겼다. 악취는 파르바나가 겨울을 보낸 난민촌을 연상시켰다. 열 살쯤 돼 보이는 소년은 다리 한쪽이 없었다.

파르바나는 소년의 손이 닿을 수 있는 곳에 물을 내려놓은 다음 다시 음식을 준비했다. 소년이 물을 벌컥벌컥 마시는 소리가 들렸다.

"먹을 것 좀 줘."

소년이 그릇을 던지면서 말했다.

"난 던지는 물건은 받고 싶지 않아. 음식이 먹고 싶으면 이리 와서 먹어."

"난 걸을 수가 없어! 이 멍청이야, 그것도 눈치 채지 못했니? 먹을 거나 갖고 와!"

파르바나는 딱딱한 빵을 가지고 소년에게 다가갔다. 소년은 분노와 증오심에 가득 차서 그녀를 노려보았다. 파르바나는 소년이 두려워하고 있다고 생각했다. 소년의 머리카락은 흙으로 범벅이었고, 얼굴은 여기저기 긁힌 자국으로 가득했으며, 옷은 찢어져 있었다. 파르바나는 소년 가까이에 빵을 내려놓았다.

"너 정말로 총 있어?"

"말 못해."

소년이 빵을 집어들었다.

"대답해주면 먹을 것을 더 줄게."

소년은 갑자기 사납게 화를 내고 저주를 퍼붓더니 고래고래 소리를 질렀다. 주먹만 한 돌맹이와 흙먼지도 미친 듯이 집어던 졌다. 그러더니 이내 숨을 헐떡거리며 기침을 해댔다. 소년의 기침은 파르바나 아버지가 그랬던 것처럼 가슴 전체를 울렸다.

'어떻게 사람이 저토록 삐쩍 야위었을까? 내가 한 대 갈기면 콕 고꾸라질 거야.'

"아니, 총은 없어. 그렇지만 원하면 언제든지 얻을 수 있어. 그러니까 난 네가 하는 행동을 지켜볼 거야!"

기침이 누그러지자 소년이 쇳소리를 내며 말했다.

파르바나는 소년에게 빵을 더 주었다. 빵은 순식간에 사라져 버렸다. 파르바나는 물을 더 길어와 불 위에 올려놓은 냄비에 부었다. 그리고 잠시 후 소년이 먹을 수 있도록 평평한 바위 위에 밥을 올려놓았다.

"이름이 뭐야?"

파르바나가 묻자 소년은 눈살을 찌푸리며 밥을 노려보았다.

"아시프!"

파르바나는 소년에게 밥을 먹도록 허락하고 하싼에게도 밥을 먹였다.

"난 파르바나라고 해."

파르바나는 손가락으로 하싼의 입에 밥을 넣으면서 말했다.

"가족을 찾는 중이야. 아기는 폭파된 마을에서 만났어. 내가 하싼이라고 이름 지었어."

파르바나도 밥을 먹었다.

"왜 여자 이름이야?"

아시프가 밥을 씹으며 물었다.

파르바나가 갑자기 몸을 돌렸다.

이런, 실수를 하다니?

재빨리 둘러댈 말을 생각했지만 너무 지쳐서 거짓말을 하기
도 힘들었다.

"사실 난 여자야. 카불에서 남자처럼 꾸미고 일했어. 아버지
와 가족을 찾으러 여행을 할 때도 남장이 더 편하거든."

"왜 네 아버지는 일을 안 했어? 게을렀어?"

"아니, 아버지는 게으르지 않았어. 감히 아버지를 모욕하다니!"

파르바나가 돌로 땅을 내리쳤다. 그 소리에 하싼이 깜짝 놀
라 울어댔다.

"난 여자 명령은 따르지 않아."

아시프의 목소리가 다시 거만해졌다.

"음식을 더 먹고 싶으면 내 명령을 따라야 해."

파르바나가 외쳤다. 하싼이 더 크게 울어댔다.

"조용히 해, 하싼!"

파르바나는 하싼에게도 소리쳤다. 하싼은 더 큰 소리로 오랫
동안 울어댔다.

파르바나는 두 사람을 다 외면했다. 그리고 작은 불꽃이 점점 작아지며 재로 변하는 것을 멍하니 지켜보았다.

시간이 지나자 마음이 차분해졌다. 하싼의 울음도 칭얼거림으로 약해졌다. 파르바나는 하싼을 무릎에 앉혀 재웠다. 그런 다음 담요로 하싼을 감쌌다. 밤의 냉기로부터 하싼을 보호하기 위해서이다.

다른 생각을 하느라 동굴소년에 대해 거의 잊을 무렵, 소년이 파르바나에게 질문을 던졌다.

"그럼 네 아버지는 어디 계셔?"

파르바나는 꺼져가는 불에다 짚을 더 넣어 불꽃이 타오르는 모습을 지켜보았다.

"돌아가셨어."

그녀는 조용히 대답했다. 아시프도 한동안 조용했다.

"난 네가 여자라는 걸 알고 있었어. 넌 남자가 되기엔 너무 못생겼어."

아시프의 목소리는 지금까지 한 싸움 때문에 기진맥진해서인지 모깃소리만큼 작아져 있었다. 파르바나는 소년이 눕는 것을 보고 여분의 담요를 꺼냈다.

"이 동굴에서 뭐 하는 거야?"

"그런 멍청한 질문엔 대답하기 싫어."

"말해봐. 그러면 이 담요를 쓰도록 해줄게."

"냄새나는 네 담요는 싫어."

소년이 진흙 속에서 꿈틀거리며 대답했다.

파르바나는 소년을 한 대 때려야 할지 아니면 그에게 담요를 덮어줘야 하는지 판단할 수 없었다. 그때 아시프가 무어라 들릴 듯 말 듯한 작은 소리로 말했다. 파르바나는 이야기를 들으려고 몸을 기울였다.

"나는 동굴에 있는 괴물한테 쫓기고 있어. 내 말은…… 내가 괴물을 쫓고 있다는 얘기야. 괴물이 동굴에 있는 구멍 안으로 사라졌어. 그런데 아마 오늘 밤에 나타나서 너를 잡아먹을지도 몰라. 그럼 난 행복할 텐데."

파르바나는 아시프를 한 대 때리지도 않고 담요를 덮어주지도 않은 채 자리를 이동했다. 담요는 소년의 손이 닿을 만한 곳에 두었다.

파르바나는 하싼 곁에 앉았다.

하늘에는 작은 별이 총총 떠있다. 유난히도 반짝였다.

공책과 펜을 꺼냈다.

슈아우지아에게

오늘 이상한 아이를 만났어.

그 아이는 일부는 소년이고 일부는 야생동물이야.

한쪽 다리도 없이 동굴에서 숨어 살고 있었어.

넌 내가 그 애를 돌봐줘서 그가 내게 감사할 거로 생각할 거야.

그런데 그게 아니야. 그 아이는 너무 무례해.

그리고 작고 못생겼어. 사람이 어떻게 그렇게 작고 못생겼는지!

신경 쓸 일은 아니야. 그 아이가 내 문제는 아니거든.

난 내일 아침에 떠날 거야. 가족을 찾는데 그는 거추장스러워.

어쩌면 아기와도 헤어져야 할지 몰라.

아기도, 그 아이도 내 형제는 아니잖아. 그들이 내 문제는 아냐.

　너무 어두워져서 편지를 더는 쓸 수가 없었다. 파르바나는 쓰던 편지를 치우고 잠시 하늘을 올려다보면서 아버지가 가르쳐준 천문학 수업을 생각했다.

　파르바나는 다시 아시프에게 가보았다. 소년은 딱딱한 바닥에서 자고 있었다. 파르바나는 담요를 덮어 주고 다시 하싼 곁으로 돌아와서 잠이 들었다.

5
밑바닥 인생

 "넌 목욕 좀 해야겠어."

파르바나가 아시프에게 말했다.

"나한테 이래라저래라 하지 마."

아시프가 말을 낚아챘다.

"냄새나."

"너한테도 냄새나."

"아니, 나한테는 안 나."

파르바나는 말하면서 생각했다.

나에게 냄새가 난다고 하더라도, 적어도 조금은 나겠지만,
아시프만큼 고약하지는 않아.

"씻지 않으면 먹을 건 없어."

파르바나가 선언하듯 말했다.

"네 맛없는 음식은 필요 없어. 난 음식이 아주 많아. 맛있는 음식이야. 네게 줄건 없어."

"알았어. 고약한 냄새로 썩어버려라. 난 상관 안 해. 어쨌든 우린 오늘 떠날 거니까. 너의 악취에서 벗어나려면 아마 수십 킬로미터는 걸어가야 할 걸. 아마 프랑스까지 내내 걸어가야 할 거야."

"프랑스? 프랑스란 곳은 없어."

"너 한 번도 프랑스에 대해 들어본 적 없구나? 그러면서 나 보고 멍청이라고?"

아시프는 담요를 파르바나에게 던졌다. 그러나 기침을 하는 바람에 담요는 멀리 날아가지 못했다. 파르바나는 아시프가 기침을 할 때마다 숨을 몰아쉬느라 갈비뼈가 팽팽하게 당겨지는 것을 찢어진 셔츠 사이로 볼 수 있었다.

파르바나는 돌아서서 담요를 흔들어 먼지를 털어냈다. 먼지 때문에 재채기가 났다.

"내 담요에서 냄새가 나잖아."

파르바나가 벌컥 화를 냈다. 그러나 아시프는 기침하느라 정신이 없어서 파르바나가 한 말을 잘 알아듣지 못했다. 파르바나는 냄새를 없애려고 담요를 햇볕에 펼쳐놓았다. 이것은 아버지가 가르쳐준 방법이다.

"너도 냄새나."

파르바나는 하싼에게도 신경질을 내더니 돌 위에 앉아 있는 하싼을 낚아채서 냇가로 데려갔다. 그리고 거칠게 옷을 벗겼다. 하싼이 발버둥이대며 소리를 질렀다.

"넌 정말 못됐구나."

파르바나는 갑작스러운 목소리에 움찔해서 돌아보았다. 아시프가 냇가를 향해 엉덩이를 깔고 쭉 미끄러져 내려오고 있었다.

"너 감히 나를 몰래 엿보니!"

"네가 못된 짓만 하니까 그렇지."

"난 얘가 뭘 원하는지 정확히 알아. 난 동생들이 있으니까."

"걔들도 널 증오하겠네."

"날 좋아해. 난 이 세상에서 가장 훌륭한 언니야."

"네 동생들은 널 잃어버려서 기뻐 날뛸 거야. 널 다시는 보고 싶어하지 않을 거라고."

파르바나는 악을 쓰는 하싼을 아시프 무릎에 앉혔다.

"네가 더 잘할 수 있다면 해봐."

하싼은 즉시 울음을 그쳤다.

"가서 지팡이 좀 찾아와."

아시프가 명령하자 파르바나는 고함을 치려다 그만두었다. 지팡이를 사용하는 것은 좋은 생각인 것 같았다.

"어디 있는데?"

"내가 알면 너한테 말하겠니?"

파르바나는 동굴 입구에서 지팡이를 찾았다. 지팡이는 아무렇게나 내팽개쳐 있었다. 무언가 쫓기거나, 도망치다가 지팡이를 떨어뜨린 것 같았다. 파르바나는 지팡이를 가지고 냇가로 내려갔다.

아시프는 옷을 입은 채 하싼을 안고 냇가에 앉아 있었다. 하싼은 아시프가 깨끗이 씻겨주자 침을 꿀꺽꿀꺽 삼켰다.

파르바나는 지팡이를 내려놓고 짐 꾸러미에서 하싼에게 입힐 깨끗한 옷을 꺼냈다. 아기 옷 밑에 샬와르 까미즈가 있었다. 파르바나는 그것도 꺼냈다. 그런 다음 아버지 가방에서 비누를 꺼내 포장을 벗기고 포장지는 도로 가방에 넣었다. 포장지에서나는 비누 냄새가 좋았다.

"이게 필요할 거야."

파르바나가 냇가 가장자리에 비누와 옷을 놓으며 말했다. 깨끗한 기저귀도 갖다놓았다.

"비누 먹지 마."

파르바나는 약간 거친 어조로 덧붙였다.

아시프는 비누를 받아들면서 파르바나의 말을 무시했다. 아시프는 하싼과 노느라 정신이 없었다.

파르바나는 냇가 아래로 내려가 하싼의 옷을 모래로 비벼 빨았다. 파르바나가 빤 기저귀를 널고 있는데 아시프가 소리쳤다.

"다 씻겼어! 데려가!"

파르바나는 아시프가 아기를 건네주기를 기다렸다. 그러나 이내 아시프에겐 그럴 힘이 없다는 사실을 깨달았다. 파르바나는 냇가에 들어가 하싼을 받아들었다.

"이제 저쪽으로 가. 나도 좀 씻게."

파르바나는 하싼을 데리고 동굴 입구로 가서 옷을 입혔다. 하싼은 기분이 좋아 보였다. 아직 딱딱한 빵이 조금 남아 있어서 빵을 조금 떼어 하싼에게 주었다.

"야, 멍청아! 이리 와봐!"

'대답할 필요 없어.'

"이리 오라니까!"

파르바나는 하싼과 손뼉치기 놀이를 하면서 아시프의 말을 무시했다.

"네 이름을 까먹었어."

아시프가 거칠지 않은 목소리로 말했다.

파르바나는 하싼을 안고 냇가로 내려갔다. 아시프는 셔츠를 벗어 물가에 던져놓았다. 그는 자신을 더는 지탱할 수 없을 정도로 몸이 기울어져 있었고, 머리에는 온통 비누범벅이었다.

파르바나는 컵을 들고 냇가로 다가갔다. 아시프는 파르바나가 뒤로 다가오자 고개를 돌렸다.

파르바나는 아시프 등에 난 여러 개의 흉터를 보았다. 갑자기 숨이 막혔다. 어떤 흉터는 오래되어서 몸 일부가 되었고, 어떤 흉터는 생긴지 얼마 안 되어 표면이 우둘투둘하고 세균에 감염되어 있었다.

정말로 이 아이는 괴물에 쫓기고 있구나.

"그렇게 서 있지만 말고 도와줘."

아시프가 투덜댔다.

"머리를 뒤로 해."

파르바나는 컵을 물에 담갔다.

"눈 감고, 입 다물어."

파르바나는 엄마가 했던 말을 아시프에게 하면서 아시프 머리에 있는 비누를 헹궈냈다.

잠시 후 아시프는 파르바나의 샬와르 까미즈를 입고 태양 아래 잠이 들었다. 씻느라 지친 모양이다.

파르바나는 빨래를 해서 바위에 널어놓고, 하싼을 담요에 내려놓은 다음 노트와 펜을 꺼냈다.

슈아우지아에게

네 모습이 점점 가물가물해져.

흰색 차도르에 파란색 교복을 입은 네가 생각나!

그때 넌 머리가 길었지. 나도 그랬고.

가끔 손을 등 뒤에다 대서 머리가 얼마나 자랐는지 확인해봐.

그런데 실제로 얼마나 자랐는지는 모르겠어.

내가 침대에서 잤던 일도 이제는 정말 아득해.

숙제를 먼저 해야만 TV를 보고 친구와 놀 수 있었는데…….

이제는 그런 기억도 모두 희미할 뿐이야.

아이스크림과 케이크를 먹던 일도 그렇고. 그게 정말 나였을까?

정말 내가 먹기 싫다고 접시에 커다란 케이크를 남겼을까?

그건 틀림없이 꿈이었을 거야. 그것이 내 인생이었을 리 없어.

지금 내 인생은 정말 밑바닥이야!

6

보물상자

파르바나는 신발을 빗자루 삼아 동굴 바닥을 쓸어냈다. 물론 오래가진 못하겠지만 그래도 쓸고 나니까 기분이 좋았다.

"이 상태를 잘 유지해야지!"

파르바나는 혼자 있었지만 큰 소리로 말했다.

하싼은 아시프와 함께 냇가에 있었다. 파르바나는 자신의 목소리가 동굴 벽을 튕기면서 울리는 것이 마음에 들었다.

"저 구석에다 큰 선반을 세울 수가 있겠는데."

파르바나는 모서리가 뾰족뾰족 튀어나온 바위들을 손가락으로 문질렀다. 나무만 구할 수 있으면 바위가 큰 널빤지를 지탱해줄 수 있을 것 같았다.

파르바나는 가족을 생각하며 혼잣말을 했다.

"저 위에서 마르얌과 내가 앞쪽에서 자고 엄마와 아리가 뒤쪽에서 잔다면, 동생 아리가 우리 둘을 넘어서 기어나가지 않는 한 선반 밖으로 나갈 수 없겠지."

"노리아는?"

파르바나는 눈으로 어림잡아 치수를 측정하면서 인상을 찌푸렸다. 그러더니 어깨를 으쓱했다.

"노리아는 밖에서 자면 되지 뭐."

깨끗해진 동굴 바닥에 만족한 파르바나는 신발을 고쳐 신고 냇가로 내려갔다.

"여태 뭐 했어?"

아시프가 파르바나를 힐끗 보며 물었다. 아시프는 풀을 꼬아 작은 보트를 만들고 있었고, 하싼은 옆에서 지켜보고 있었다.

"동굴을 청소 했어"

"왜? 그건 그냥 동굴일 뿐이야. 동굴을 청소하는 건 바보나 하는 짓이야."

"넌 네가 항상 옳다고 생각하지?"

파르바나가 팔짱을 끼면서 말했다.

"세상엔 네가 모르는 일도 많아. 어쩌면 저건 그냥 동굴이 아닐지도 몰라. 보물 동굴일지도 모른다고."

"무슨 뚱딴지같은 소리야? 너보다 하싼하고 이야기하는 게 말이 더 잘 통해. 보물 동굴 같은 것은 없어."

"있어. 알렉산더 대왕도 동굴에다 보물을 숨겨놓았어."

파르바나가 목소리를 높이며 주장했다. 파르바나는 아시프가 알렉산더 대왕이 누구냐고 물으면 자기가 얼마나 아는 것이 많은지 뽐내려고 잔뜩 기대했다. 그러나 아시프는 계속해서 보트만 만들고 있을 뿐이었다.

파르바나는 침을 몇 번 삼키더니 말했다.

"알렉산더 대왕은 옛날에 살았던 왕이야. 왕은 정복한 곳에서 보물을 빼앗아."

"그럼 도적이야? 그 사람 손이 잘렸겠네?"

"아니야, 도적이 아니야. 사람들은 그 왕을 좋아했어. 스스로 왕에게 보물을 준 거라고."

파르바나는 이야기를 하면서도 정말로 그것이 사실인지 자신도 헷갈렸다.

"그러니까 그 왕이 마을을 덮쳤는데 사람들은 그 사람이 좋아서 자신들이 가진 물건을 주었다는 말이야?"

"그래, 그랬어."

파르바나는 주장을 굽히지 않았다.

"그렇다면 사람들이 다 멍청이였겠지. 내가 보물을 갖고 있었다면 절대 주지 않아."

아시프가 단호하게 말했다. 아시프는 풀 꼬는 일을 끝낸 다음 작은 보트를 냇가에 띄웠다. 그들은 보트가 물살에 떠내려 가는 모습을 지켜봤다.

"어쨌든 왜 보물을 묻었을까? 왜 갖고 가지 않았지?"

아시프가 다시 물었다.

"말에다 싣고 가기엔 보물이 너무 많아서 일부는 묻어 놓고 나중에 다시 찾으려 했겠지."

"그런데 왜 돌아오지 않았어?"

"아마 어느 동굴에 숨겨놨는지 잊어버렸을 거야. 어쩌면 묻어 놓은 보물에 대해 생각할 필요조차 없이 보물이 많을지도 몰라."

그 순간 땅에 묻어놓은 아버지의 책이 생각났다.

'어떻게 다시 찾을 수 있을까?'

그러나 파르바나는 이내 그 생각을 쫓아버렸다. 그런 생각은 파르바나를 슬프게 했다. 아시프를 놀리느라 바쁜 와중에 슬퍼지는 걸 원치 않았다.

"저렇게 더럽고 오래된 동굴에 보물이 있다고 생각해?"

"확실해."

파르바나는 보물에 대해 생각하면 할수록 동굴 밑에 금으로 만든 동전과 커다란 보석들이, 꺼내주기만을 기다리면서 묻혀 있을 거란 확신이 들었다.

"만약 동굴에 보물이 있다면 그건 내 거야. 내가 맨 처음으로 동굴을 발견했으니까."

아시프가 태도를 바꾸어 자신의 권리를 주장했다.

"넌 내 옷을 입고 내 음식을 먹었어. 그런데 이런 식으로 고맙다고 말하는 거니? 넌 정말 어쩔 수 없는 애로구나."

파르바나가 침을 튀겨가며 말했다.

"알았어, 알았어. 나눠 갖자고."

"약속 꼭 지켜야 해."

아시프는 지팡이를 사용하여 일어서려고 했다. 그러나 절반쯤 일어서더니 기우뚱거렸다. 파르바나는 얼른 겨드랑이에 팔을 끼어 아시프를 일으켜주었다.

"빨리 가자."

아시프가 몸을 돌리며 말했다.

"어디로?"

"동굴을 파봐야 할 거 아니야!"

아시프는 성질을 내며 머리를 설레설레 흔들었다.

"내가 말할 때 무슨 생각을 한 거야? 같이 파야 더 잘 찾을 거 아니야!"

아시프는 절룩거리며 걸어갔다.

파르바나는 정말로 보물이 있을 것만 같아 조심스럽게 동굴 주위를 둘러보기로 마음먹었다. 그녀는 끝이 뾰족한 돌 두 개를 찾아서 하싼을 데리고 동굴로 갔다.

파르바나와 아시프가 돌로 바닥을 파내자 평평한 바닥에 곧 구덩이가 생겼다. 가끔 돌이 꽝 소리를 내면 그들은 흥분한 나머지 서로 얼굴을 쳐다보았다. 그러나 그것은 돌이 다른 돌과 마주치는 소리일 뿐이었다.

"보물을 나눠 가지면 그것으로 뭐 할 거야?"

파르바나가 물었다.

"말을 살 거야. 아주 빠른 말을 많이 살 거야. 그래서 달리고 또 달릴 거야. 내가 탄 말이 지치면 또 다른 말을 살 거야. 그런 다음 또 다른 말을 사고, 또 사고. 절대로 말 타는 걸 멈추지 않을 거야."

"음식은?"

"음식이 왜 필요해? 걸어가는 게 아니고 말을 타고 달려가는데."

"난 커다란 집을 살 거야. 폭탄이 떨어져도 터지지 않고 지붕에서 그냥 미끄러져 내려오는 집 말이야. 내가 옛날에 살던 집처럼 흰색으로 칠할 거야. 옛날 집보다 좀 더 크고, 노리아와는 각 방을 써서 항상 마주치지 않아도 되는 그런 집을 살 거야. 아름다운 옷과 수많은 보석으로 몸을 치장하고, 하인을 둬서 대신 숙제도 하게하고……."

파르바나는 그런 집에서 오래전에 카불에서 판 숙모가 만들어준 옷과 같은 빨간색 샬와르 까미즈를 입고 가족과 맛있는 음식을 먹는 행복한 장면을 상상했다.

"이 세상 모든 보석으로 다 치장해도 넌 예뻐 보이지 않아."

아시프가 빈정거렸다.

"도대체 보석이 뭐가 좋아? 먹을 수도 없고, 밤에 따뜻하게 하려고 태울 수도 없는데……."

그때 갑자기 파르바나의 돌이 단단한 뭔가에 부딪혔다.

"뭔가 찾은 것 같아."

파르바나가 흥분했다.

"그냥 돌이야."

아시프는 대수롭지 않다는 듯 말했다.

파르바나가 손으로 진흙을 파냈다.

"아니야. 돌이 아니야."

파르바나의 손이 빨라졌다.

"상자인 것 같아!"

아시프도 옆에서 거들었다.

"맞아! 상자야!"

그들은 진흙을 날리면서 더 빠르게 파기 시작했다.

"조심해! 하싼이 뒤에 있어."

파르바나는 숨을 헐떡거리면서 가까스로 말했다. 아시프는 진흙이 하싼 근처로 날아가지 않게 조심했다.

차츰 상자가 모습을 드러냈다. 파르바나는 무릎을 일으키며 상자를 들어올렸다. 아시프도 힘을 보탰다. 그들은 커다란 신음소리를 내며 상자를 땅속에서 끌어냈다. 상자는 녹색 금속으로 만들어졌다. 길이는 파르바나 신발의 두 배 정도 되었고, 넓이는 신발 한쪽 길이만 했다.

"내가 생각했던 것보다 작은데."

아시프가 중얼거렸다.

"다이아몬드가 클 필요는 없어."

파르바나도 중얼거렸다.

"이거 햇빛이 비추는 곳에 가져가자. 그러면 상자를 열었을 때 보석이 정말로 빛을 환하게 발할 거야."

파르바나는 상자를 끌고 밖으로 나왔다. 아시프가 급하게 따라나오는 동안 파르바나는 하싼을 데리러 갔다. 그녀는 하싼도 보물 상자를 여는 의식에 참여해야 한다고 생각했다.

아시프가 진흙으로 덮인 자물쇠를 돌로 두들겨 부쉈다.

"녹슬었어."

아시프가 말했다.

"수천 년 동안 땅속에 있어서 그래. 너도 그러면 녹슬 거야."

파르바나가 말했다.

아시프는 부서진 자물쇠를 잡아당겼다.

"준비됐어?"

아시프가 물었다.

"준비됐어."

파르바나가 대답했다.

파르바나는 아시프와 함께 상자를 열었다.

상자 안에는 총알이 가득 들어 있었다.

아이들은 충격을 받아 아무 말도 못하고 상자만 내려다봤다. 하싼은 침을 꼴깍 삼키면서 작은 총알을 만지려고 했다. 아시프가 하싼의 손을 치우며 상자를 쿵 닫아버렸다.

"보물이라고? 왜 내가 네 말을 믿은 거지?"

아시프가 소리지르며 지팡이를 잡고 일어섰다. 아시프는 어깨로 파르바나를 툭 치고서 절뚝거리며 멀어져갔다.

파르바나는 다시 한번 상자를 열어보았다. 어쩌면 눈이 자신을 속였을지도 모른다고 생각했다.

하지만 그렇지 않았다. 파르바나가 본 것은 일렬로 꽉 들어찬 총알이었다. 손으로 만져보았을 때도 파르바나에게 윙크하는 보석은 하나도 없고 오직 총알뿐이었다.

알렉산더 대왕이 총알을 묻지는 않았다. 그때는 총이 발명되지도 않았다. 총알은 내가 태어나기 전에 전쟁에서 싸웠던 사람들이 묻었을 것이다. 총알을 묻은 사람은 아마 죽었을지도 모른다. 어쩌면 자신이 총알을 어느 동굴에 묻었는지 잊어버렸을지도 모른다. 아니면 총알이 너무 많아 총알이 더는 필요하지 않았을지도 모른다.

아무래도 상관없다. 보물은 없으니까.

파르바나는 상자를 머리 위로 올려서 있는 힘껏 멀리 던져버렸다. 상자가 쿵 소리를 내며 땅에 떨어지자 총알들이 사방으로 쏟아졌다. 총알은 마치 땅 위에 뿌려진 씨앗처럼 보였지만 파르바나는 그것들이 음식으로 바뀌지 않는다는 것을 안다.

파르바나는 하싼을 안고 동굴 쪽을 바라보았다. 아기를 돌려 안았기 때문에 하싼은 파르바나의 얼굴을 볼 수 없었다. 파르바나는 바보 같은 꿈에 사로잡혔던 자신이 부끄러웠다.

7
부족한 식량

 "나 내일 떠나."

다음날 아침 파르바나가 아시프에게 말했다.

그들은 모두 동굴 밖에서 잠을 잤다. 파르바나는 동굴 바닥의 안락함을 더는 느끼고 싶지 않았다. 자신의 어리석음을 되살리고 싶지 않았다.

"어디로 가는데?"

"엄마 찾으러."

"어느 쪽으로 갈 거냐고?"

파르바나는 주위를 둘러보며 한 방향을 선택했다.

"저쪽 길 너머로."

"왜 그쪽이야?"

"내 계획 일부니까."

"계획이 있어?"

"물론 있지."

파르바나의 계획은 어딘가에 있을 엄마와 우연히 만난다는 희망을 품고 계속해서 걷는 것이다.

"그렇지만 그에 대해 말하고 싶지 않아."

"어쨌든 나도 알고 싶지 않아. 아마 멍청한 계획일 테니까."

너를 떠나는 일은 좋은 일이야. 하루하루가 얼마나 평화롭고 조용한 날이겠어.

파르바나는 마음속으로 중얼거렸다.

"너 지금 내가 너와 함께 갈 거로 생각하지?"

아시프의 말은 못 들은 척했다.

"너 지금 내가 너와 함께 가면 내가 너에게 고마워할 거로 생각하지? 이 동굴에 나만 남아 있으면 내가 굶어 죽을 거로 생각하지?"

아시프가 계속해서 떠들어댔다.

파르바나는 계속해서 침묵했다. 곧바로 대답하지 않고 인내심을 갖는 것이 현명한 방법이라고 생각했다.

파르바나는 옷을 빨기로 했다. 그러면 떠날 때 깨끗한 옷을 가져갈 수 있을 것이다.

아시프가 한쪽 다리로 땅을 걷어찼다.

"아기도 데려갈 거지?"

"내가 하싼을 놓고 갔으면 좋겠니?"

"상관없어."

파르바나는 더러운 기저귀를 가지고 하싼과 함께 냇가로 내려갔다. 첫 번째 기저귀를 비벼대고 있는데 뒤에서 아시프의 지팡이 소리가 다가왔다.

"넌 아마 네 엄마를 만나지 못할 거야. 넌 이쪽으로 걷고, 네 엄마는 저쪽으로 걸을 거야. 그러면 서로 그냥 영원히 걷기만 하는 거야. 너와 네 엄마는 걷다가 땅에 쓰러지게 될 거라고. 그냥 여기 있는 게 더 나아. 네 엄마가 널 찾으러 어쩌면 이곳을 지나갈지도 모르잖아. 내 생각엔 네 엄마가 곧 올 것 같아. 그때 이곳에서 네가 기다리지 않았다고 말하면 매우 화내실걸."

"엄마가 여기로 곧 올 거라는 걸 어떻게 알아?"

파르바나는 어이없다는 듯 물었다. 그러면서도 그 말에 일말의 희망을 찾고 싶었다.

"그냥 느낌이야. 그 기회를 잡고 싶지?"

파르바나는 아시프가 아무것도 모른다는 걸 깨달았다. 그냥 하는 얘기였다. 파르바나는 실망스러웠지만 놀라지는 않았다.

파르바나는 나머지 기저귀도 빨아서 널었다.

"네 스스로 기저귀를 빨면 얼마나 좋겠니?"

파르바나가 하싼에게 말했다. 하싼은 햇빛에 반짝이는 돌을 만지면서 그녀의 불평을 무시했다.

"내가 너와 같이 간다면 널 귀찮게 할 거야. 그게 싫은 거지? 그래서 내가 여기 남기를 바라고 또 바라는 거야."

파르바나는 아무 말도 않고 널어놓은 기저귀의 주름을 폈다.

"이런 경우에는 말이야…… 널 따라가서 괴롭힐 거야."

그 순간 파르바나는 낯설고 놀랄 만한 사실을 깨달았다. 아시프를 혼자 남겨두고 떠날 수 없다는 것을.

"안 돼."

파르바나가 일부러 단호하게 말했다.

"포기해. 난 이미 결정했어. 나 몰래 빠져나갈 생각은 하지 않는 게 좋아. 널 따라잡을 거니까. 난 벌레보다 빠른 것도 따라잡을 수 있어. 그렇게 되면 넌 내게 미안하지 않겠니?"

벌레보다 빠른 것도 따라잡는다는 아시프의 생각에 파르바나는 웃음이 나왔지만 억지로 참았다. 파르바나는 가방을 가지고 와 앉아서 친구에게 편지를 썼다.

슈아우지아에게

우린 내일 여기를 떠날 거야.

한 곳에 머물고 싶어서 매번 떠나는 게 힘들어.

이별에 익숙해져야 하는데, 아직은 그렇지 못해.

그러나 우린 내일 떠나야 해. 먹을 것도 거의 다 떨어졌거든.

쌀 4인분 정도와 약간의 기름만 남았어.

우리가 가는 곳에 먹을 것이 있을지는 잘 모르겠어.

그러나 그곳은 지금 여기보다 더 나쁘지는 않을 거야.

어쩌면 우린 먹을 게 많은 멋진 장소를 찾을 수 있을지도 몰라.

또 하싼을 돌봐줄 어른도. 우리를 귀찮게 하는 사람들에게서 떨

어져서 편안히 잠잘 수 있는 집도 찾을 수 있을지 모르고.

내가 욕심이 많은 걸까?

네가 있는 곳에는 먹을 게 많았으면 좋겠어.

그래서 나한테 좀 보내주면 좋을 텐데.

다음날 아침 파르바나는 하싼이 또 더럽힌 기저귀를 빨아서
보자기에 쌌다. 가다가 쉴 때 말릴 생각이었다.

파르바나가 음식을 꾸릴 때 아시프가 다가왔다.

"우리가 가는 곳에 물이 없으면 어쩌지? 어떻게 밥을 지을
거야? 그런 생각 안 해봤지? 그렇지?"

인정하고 싶진 않지만 사실이었다. 파르바나는 짐 꾸러미에
서 냄비를 꺼냈다.

"밥을 해 가는 게 좋겠어. 나도 그러고 싶진 않지만 그게 좋
겠어. 그런데 밥을 해가면 금방 곰팡이가 필 텐데⋯⋯."

"곰팡이가 피기 전에 먹으면 되지. 많지도 않잖아."

파르바나는 그 말이 옳다고 생각했다.

쌀 네 컵을 아이 둘과 아기 한 명이 먹는 데에는 그리 오래 걸리지 않을 것이다.

파르바나는 풀과 마른 잡초를 모았다. 아시프가 적당한 크기로 자른 다음 성냥불을 지폈다. 곧 불이 붙었다. 파르바나는 물을 길어와 밥을 지었다.

"따뜻할 때 먹을 수 있겠네. 그렇지?"

아시프가 침을 삼키며 물었다.

파르바나가 고개를 끄덕였다.

"조금만 먹자! 음식을 찾을 때까지 이걸로 버텨야 하니까."

그들은 냄비에서 바로 꺼낸 따뜻한 밥을 먹었다. 하싼은 아시프 앞에 앉아 아시프가 주는 밥을 먹었다.

얼마 먹지 않았는데 냄비에 밥이 절반밖에 남지 않았다.

"그만 먹어!"

파르바나가 아시프 손에서 냄비를 낚아채면서 말했다

"거의 다 먹었잖아!"

"그럼 넌 왜 그렇게 많이 먹었어?"

아시프가 화를 냈다.

"지금 나한테 뭐라고 하는 거야? 전국에 있는 쌀자루를 다 가진 부자처럼 계속해서 음식을 퍼먹은 것은 너야."

파르바나는 화가 나서 /아시프의 팔을 붙잡아 흔들었다. 그

바람에 아시프의 손에 든 냄비가 미끄러져 진흙 속으로 거꾸로 떨어졌다.

아이들은 아무 말도 하지 못했다. 그저 뒤집힌 냄비를 멍한 눈으로 바라보았다.

그 순간은 참으로 길고 끔찍했다. 잠시 후 파르바나는 조심스럽게 냄비를 들어올렸다. 밥은 여전히 냄비 바닥에 붙어 있었다. 밥을 너무 오래 불에 올려놓아 눌어붙은 탓이었다.

땅에도 밥이 조금 떨어져 있었다. 아시프는 발을 질질 끌면서 다가와 파르바나와 함께 밥풀을 하나하나 냄비에 담았다.

모든 일이 정리된 후 파르바나는 노트를 꺼냈다.

슈아우지아에게

상황을 더 나쁘게 만드는 내가 싫어.

난 왜 그렇게 서투른 행동만 할까?

왜 난 올바른 행동을 하지 못할까?

파르바나는 아시프를 부축해서 일으킨 다음 하싼을 안고 짐 꾸러미를 들었다. 아이들은 뒤도 돌아보지 않고 동굴에서 멀어졌다.

8
배고픈 아이들

아이들은 꼬박 이틀을 걸었다. 먹을 것은 이미 다 떨어졌다. 그러나 그들은 아무것도 먹지 않고 이틀을 더 걸었다.

파르바나는 아무것도 먹지 않아서 배가 아팠다. 그것은 공복과 고통이 합쳐진 아픔이었다. 또 머릿속이 텅 비어서 자신이 멍청이가 된 기분이었다.

하싼은 밥이 떨어진 첫날엔 크게 울었지만 둘째 날부터는 칭얼거리기만 했다. 그것은 파르바나가 처음 하싼을 발견했을 때 내던 소리였다.

"하싼을 좀 쉬게 해줘야 해."

아시프가 힘겹게 말했다.

파르바나는 아시프에게 더 휴식이 필요하다고 생각했지만, 그는 그 사실을 인정하려 하지 않았다. 그러나 아시프는 점점 더 느려졌고, 아버지가 고통스러워할 때와 같은 표정을 지었다.

파르바나는 바닥에 하싼과 짐을 부려놓고 아시프가 앉을 수 있도록 팔을 잡아주었다. 아시프는 앉을 때 종종 옆으로 구르거나 미끄러졌다. 그때마다 아시프는 당황하거나 심술을 부렸다.

"물 남은 거 있어?"

파르바나는 짐에서 플라스틱 물병을 꺼내어 흔들어 보았다. 출렁이는 소리가 가벼웠다.

파르바나는 물병을 아시프에게 건네주며 많이 마시지 말라고 말하려다 그만두었다. 아시프가 두 모금을 마시든 한 모금을 마시든 어차피 물은 곧 떨어질 판이었다.

아시프는 물병 뚜껑에 물을 따라 조심스럽게 하싼 입에 넣어주었다.

"아직 충분하지 않지? 좀 더 줄까?"

아시프는 두 번 더 뚜껑에 물을 따라 하싼 입에 넣어주고 자신도 한 모금 마신 다음 파르바나에게 물병을 돌려주었다.

"넌 형제가 몇 명이야?"

파르바나는 아시프에 대해 아무것도 아는 것이 없다는 사실을 깨달았다. 단지 동굴에 있었다는 것 외에는 고향이 어디인지도 모르고, 왜 그렇게 심술궂게 구는지도 몰랐다. 또 등에 온통 상처를 낼 만큼 아시프를 미워한 사람이 누구인지도 몰랐다.

"난 혼자야."

아시프가 짧게 대답했다.

"나도 혼자야, 그렇지만 어딘가에 가족이 살고 있어. 너는? 너도 어딘가에 가족이 있어?"

파르바나가 물었다.

아시프는 하싼과 손가락 놀이를 하려고 했지만 하싼은 별 흥미를 보이지 않았다. 하싼은 다른 어떤 것에도 관심이 없었다.

"없어."

아시프가 말했다.

"가족이 모두 죽었어? 무슨 일이 일어났는데?"

"가족이 있었지만, 지금은 아니야. 이게 다야."

아시프는 더 말하려고 하지 않았고, 파르바나는 그가 왜 묻는 말을 성가셔하는지 궁금했다.

파르바나는 노트를 꺼냈다.

슈아우지아야

주위에 먹을 것이 하나도 없는 배고픈 날이야.

이젠 배가 고픈지조차도 모르겠어. 그냥 피곤할 뿐이야.

그리고 울고 싶을 뿐이야. 우린 물도 거의 다 떨어졌어.

뭘 해야 할지 모르겠어.

우리가 학교 다닐 때 읽은 동화가 기억나.

마술 지팡이로 바위 위를 톡톡 치니까 거기서 물이 쏟아져 나왔지.

또 누군가 램프를 문지르자 요정이 세 가지 소원을 들어줬지?

어릴 때는 그 얘기를 믿었는데…….

그렇지만 지금 나는 바위는 단지 바위일 뿐인 걸 알아.

그리고 램프를 문지르면 램프만 반짝반짝 빛날 뿐이란 것도.

아마 내가 늙어서 태양 아래서 행복한 시간을 보내게 된다면

그때 다시 그 얘기를 믿을 수 있겠지.

그런데 그때까지 난 무엇을 믿어야 할까?

"가방에 물선이란 물건은 다 넣어서 다니는 걸 보면 넌 똑똑하지 않아. 그러니까 지치는 거야, 네가 멍청이라는 뜻이라고."

아시프가 말했다.

파르바나는 노트를 털썩 내려놓았다.

"감히 나를 멍청이라고 부르다니? 이거 다 내가 들고 다녔어. 나 말고 또 누가 들고 다녀?"

"나도 짐을 들 수 있어, 하싼도 들 수 있다고."

"말도 안 되는 소리 마, 넌 제대로 걷지도 못하잖아."

"등에 업으면 돼. 이젠 별로 아프지 않아."

아시프는 숄을 벗어서 묶었다.

"하싼을 여기에 앉혀서 목에 걸어 등에 없으면 돼."

파르바나는 팔이 아팠다.

"괜찮을까?"

"그럼, 괜찮지. 계속 생각한 거야."

그들은 시도해 보았다. 파르바나는 아시프가 일어서는 것을 도왔고, 아기를 담요에 앉혔다. 괜찮은 것 같았다. 하싼이 울었다. 그러나 파르바나가 안고 있을 때에도 울었다. 그래서 파르바나는 아기가 우는 것이 아시프 등에 업혔기 때문이라고 생각하지 않았다.

아시프는 등에 아기를 업고 지팡이에 의지했다. 그리고 세 아이는 다시 길을 떠났다. 그들은 평평하고 좀 더 걷기 쉬운 진흙길로 갔다. 가끔 트럭이나 당나귀가 끄는 마차가 지나가면 태워달라고 손을 흔들었지만 그들은 그냥 지나쳤다.

그날 저녁에 그들은 작은 마을에 도착했다. 거의 하싼이 살던 마을만 하였다. 그곳은 아직 파괴되지 않았다. 만약 폭파되었었다면, 오랜 시간이 걸려 다시 지은 것일 테다.

노인들이 집 밖의 바닥에 앉아 있었다. 그들은 햇빛을 피하려고 눈을 가리고, 마을로 접어드는 길로 아이들이 천천히 오는 모습을 지켜보았다. 파르바나는 자기 일행을 쳐다보는 노인들의 시선이 불편했지만 어쩔 수 없는 일이었다.

"저 사람들에게 물 좀 달라고 해야 하니?"

파르바나가 아시프에게 속삭였다.

"친절해 보이지 않는데, 이것저것 물어보며 우리를 곤란하게 할지도 몰라."

아시프가 말했다.

"다른 사람을 찾아보자, 아이들이 있을 거야."

그들은 이상하게 생긴 축구공을 갖고 노는 아이들을 보았다. 축구공에는 공기가 충분치 않아서 공을 차도 멀리 나가지 않았다.

"어디에 가면 물을 얻을 수 있니?"

아시프가 물었다.

"저 밑으로 내려가면 찻집이 있어. 우리와 함께 놀래?"

한 아이가 말했다.

"난 너무 목이 말라. 나중에."

아시프가 말했다.

아이들은 다시 게임을 시작했다. 파르바나와 아시프는 길을 따라 좀 더 걸어 찻집에 도착했다.

"우린 돈이 없으니까 구걸해야 해."

파르바나가 말했다.

"구걸하지 않아, 대신 일할 거야."

아시프가 말했다.

파르바나는 한숨을 쉬었다. 파르바나는 너무 지쳐서 일할 수가 없었다. 구걸이 훨씬 더 쉬울 것 같았다.

찻집은 작은 진흙 오두막이었으며, 안에는 테이블이 몇 개

있었다. 남자 세 명이 말없이 앉아 있었다. 커다란 차 주전자가
끝에 놓여 있었다.

카불에서 슈아우지아는 차를 배달하였다. 슈아우지아는 쟁
반에 차를 가득 담아 상인들에게 배달하면서 시장을 누비고 다
녔다. 그러나 이 마을은 그렇게 차 배달하는 아이를 필요로 할
것 같지 않았다.

"일자리를 찾고 있는데요."

아시프가 말했다.

한 남자가 의자에서 방향을 바꾸면서 말했다.

"여긴 할 일이 없어. 우리가 할 일이 있는데도 여기 이렇게
한가히 앉아 있다고 생각하니?"

"우린 무슨 일이든 할 수 있어요. 돈을 주실 필요는 없어요.
그냥 먹을 것과 마실 것을 조금만 주시면 돼요."

파르바나가 말했다.

남자는 차를 한 모금 마시면서 대답할 시간을 늦추었다. 그
는 파르바나와 아시프를 앞에 세워두고 재미로 일하겠다고 찾
아온 부잣집 아이들을 대하듯이 뜸을 들였다.

"넌 일할 수 없어."

마침내 남자가 아시프를 보면서 말했다.

"내 동생은 아이를 돌볼 거예요. 제가 두 명 몫의 일을 할 수
있어요."

파르바나가 재빠르게 말했다.

"네 이름이 뭐냐?"

남자가 물었다.

"카시임이에요"

파르바나는 남자 이름을 대면서 대답했다.

"닭장을 청소해야 하는데 일만 잘하면 음식을 주겠다. 그러나 일이 끝나면 떠나야 해. 난 닭장이 하나뿐이고 공짜로 음식을 줄 수는 없어."

남자가 말했다.

닭장은 작은 마당 뒤에 있었으며 매우 더러웠다.

"물 마시고 싶으면 저기 있는 물 마셔"

남자는 빗물 통을 가리키면서 말했다.

"닭이 먹을 수 있는 물이면 너희가 먹어도 괜찮아. 일을 끝마치면 먹을 것을 갖다주마."

남자는 동료에게로 돌아갔다.

마당은 거의 쓰러져 가는 울타리로 둘러싸여 있었다. 그러나 닭장 주위의 울타리는 잘 매어져 있었다. 파르바나는 아시프 등에서 하싼을 내려서, 두 사람이 울창한 나무 아래에 앉을 수 있도록 도왔다. 파르바나는 물 한 바가지를 퍼서 그들에게 가져갔지만 아시프는 파르바나에게 먼저 먹으라는 손짓을 했다. 파르바나는 단숨에 한 바가지를 들이킨 다음, 다시 채워왔다.

아시프는 하싼에게 물을 먼저 마시게 한 다음 자신도 마셨다.

파르바나는 하싼을 만난 마을에서 자신을 골탕먹인 닭을 생각했다. 오늘은 골탕먹는 분위기는 아니었고 닭들도 그걸 느끼는 것처럼 보였다. 닭들은 그저 파르바나를 피해 허둥지둥 도망만 다녔다.

파르바나는 낡은 널빤지로 닭똥을 긁어내고, 더러운 짚을 마당으로 밀어내면서 착실하게 일했다. 그러면서도 몸에 너무 많은 똥이 묻지 않도록 노력했다. 일을 다 끝마치면 음식을 먹을 수 있다.

짚 속에서 파르바나는 주인이 깜박하고 안 가져간 달걀을 몇 개 찾았다. 어떻게 달걀을 가져갈까? 주머니에 넣어서 가져간다면 들키거나, 깨질 위험이 있다. 파르바나는 하싼과 함께 잠들어 있는 아시프를 보았다. 그들은 커다란 숄을 꾸러미를 베개로 사용하고 있었다.

파르바나는 주위를 둘러보았다. 훔치는 것은 잘못된 행동이다. 탈레반이 도둑들에게 어떤 처벌을 내리는지 본적이 있었다. 그들은 손이 잘렸다. 파르바나는 자신에게 그런 일이 일어나길 원치 않았다. 하지만 달걀도 갖고 싶었다.

파르바나는 손을 오목하게 해서 달걀을 넣고, 표면이 깨끗한가를 확인했다. 그대로 뛰어가 담요 꾸러미 속에 달걀을 쑤셔 넣은 다음 다시 닭장으로 달려오면 될 것 같았다.

하지만 그렇게 할 수 없었다. 달걀을 훔친다면 아버지는 자신을 자랑스러워하지 않을 것이다. 아버지와 다닐 때에도 그들은 자주 배가 고팠다. 어쩌다 먹을 것을 훔칠 기회가 있을 때에도 아버지는 그렇게 하지 않았다.

"오늘밤 우리는 배가 부르겠지만, 내일 아침에도 계속 배가 부르겠니?"

아버지는 늘 그렇게 말했다. 파르바나는 달걀을 도로 갖다 놓고, 다시 닭장을 청소하였다. 닭장은 몹시 더러웠지만 좁은 공간이라서 일은 곧 끝났다.

"자, 밥 먹어라."

남자가 마당으로 삭은 밥 한 그릇을 가져오면서 말했다.

"우린 세 명이에요."

파르바나가 말했다.

"너만 일했잖아. 내가 부자로 보이니?"

"아저씨는 우리보다 부자잖아요. 우린 애들이에요."

파르바나가 말했다.

"아프가니스탄에 있는 배고픈 아이들을 다 돕는다면, 나도 너처럼 곧 가난해질 거야. 싫으면 도로 가져가고."

"먹겠어요."

아시프가 말했다. 그러나 남자는 그곳에 서서 아시프가 손을 댄 그릇을 그대로 잡고 있었다.

"부탁이에요. 밥을 먹게 해주세요."

아시프가 말했다. 파르바나는 아시프 손이 떨리는 것을 보았다.

결국, 남자는 아시프에게 그릇을 준 다음 안으로 들어갔다.

아이들은 적은 양의 밥을 말없이 나눠 먹었다. 곧 밥그릇이 비었다. 파르바나는 물통을 채웠고, 아시프는 하싼의 기저귀를 빨았다.

"도대체 어른들은 아이들을 도울 줄 몰라."

아시프는 화가 나서 기저귀를 쥐어짜면서 말했다.

"달걀을 가져왔어야 했는데."

파르바나가 찻집을 굳은 표정으로 바라보면서 중얼거렸다.

"지금 가서 갖고 와."

아시프가 말했다.

"위험해"

"이따 다시 오자."

그들은 마을 끝에 몰래 자리를 잡고 빨래한 기저귀를 넌 다음 밤이 오기를 기다렸다.

잠든 하싼을 남겨두고, 파르바나와 아시프는 짐을 들고 마을로 몰래 숨어들어 찻집 뒷마당으로 들어갔다.

파르바나는 남겨놓은 달걀을 찾아서 가방에 넣었다.

아시프가 천천히 아주 태연하고 자연스럽게 닭 한 마리를 잡는 바람에 닭은 꽥 소리조차 내지 못하였다. 아시프는 닭을 커다란 솥로 가려서 파르바나에게 건네주었다. 그런 다음 그들은 마당을 살금살금 빠져나왔다.

하쌴이 있는 곳으로 돌아온 그들은 하쌴과 짐을 들고 마을이 멀어질 때까지 걸었다.

"아이들을 속이는 어른은 나쁜 일을 당해도 싸. 난 조금도 미안하지 않아."

파르바나가 말했다.

"아침은 달걀이네."

아시프가 말했다.

그들은 함께 웃었다.

9

아프간의 밤

파르바나는 잠을 잘 수가 없었다. 뱃속은 비어 있었고 그것이 배를 아프게 했다.

닭과 달걀이 생겼을 때 그들은 이 세상 음식을 다 얻은 것 같았다. 하싼은 이가 몇 개 나지 않았기 때문에 닭을 잘 먹을 수가 없었다. 그래서 달걀을 그에게 주기로 했다. 파르바나는 달걀을 잘 프라이 했다. 프라이 할 기름은 없었지만 조심스럽게 지켜보면서 팬에 너무 달라붙지 않게 요리했다.

아시프는 닭을 간단하고 빠르게 죽였다. 파르바나는 아시프가 자신을 귀찮게 하거나 불평하는 것 외에도 다른 일을 할 수 있다고 생각하기 시작했다.

그들은 하싼에게는 아주 부드러운 부위를 골라 먹이면서 천천히 오랫동안 닭을 먹었다. 하싼은 다시 주위 일에 흥미를 보이기 시작했으며, 파르바나는 이제 심술을 내지 않았다.

그러나 결국 또 먹을 것이 떨어졌고, 그들은 다시 배가 고팠다.

닭을 먹고 일주일쯤 되었을까? 파르바나는 더 걸을 수가 없었다. 파르바나는 딱딱한 바닥에 누워서 생각했다. 하루를 배불리 먹는 게 무슨 의미가 있을까? 바로 다음 날이면 다시 배가 고파지는데.

파르바나는 눈을 감고 잠을 청하려고 했다. 그러나 잠잘 장소를 부주의하게 선택했다. 누운 등 아래에는 땅속에 묻힌 돌이 툭 튀어나와 있었다. 아무리 자세를 바꾸어 보아도 여전히 불편했다. 하지만 그날 밤은 몹시 추웠고 담요 속은 따뜻했다. 더 편한 장소를 찾으려면 추위에 맞서야 했다. 따뜻하게 있고 싶으면 그대로 불편한 것을 참아야 했다.

파르바나가 일어난다고 해서 하싼이 깰 걱정은 없었다. 하싼은 항상 아시프와 함께 잤다.

돌이 자꾸 등을 찔렀다. 마침내 파르바나는 자리를 옮기기로 했다. 담요를 덮으면 금방 다시 따뜻해질 수 있을 것이다.

"하나, 둘, 셋."

파르바나는 속삭였고 그런 다음 담요를 세차게 제쳤다.

차가운 공기가 몸을 파고들었다. 한기가 들기 전에 재빨리 움직였지만 담요를 펼 평평한 장소를 쉽게 찾을 수가 없었다. 할수 없이 파르바나는 어깨에 담요를 두르고 땅바닥에 앉았다.

"이 세상에서 깨어있는 사람은 나밖에 없을 거야. 모든 사람들이 잠을 자고 꿈을 꾸고 있는데 난 깨어나서 그들을 지켜보고 있어. 지킴이 파르바나!"

파르바나는 웃었다.

파르바나는 학교에서 배운 달 노래를 흥얼거렸다. 노랫소리는 차가운 밤공기 속으로 빨려 들어가 하늘에 뜬 별을 더 밝게 빛나게 하는 것 같았다.

뒤에서 코를 훌쩍거리는 소리가 들렸다. 돌아보지 않아도 아시프가 잠에서 깨어났다는 것을 알 수 있었다. 파르바나는 아시프가 무언가 기분 나쁜 말을 한마디 내뱉기를 기다렸다.

그런데 아시프는 천천히 일어나서 코를 한 번 훌쩍이더니 부드럽게 파르바나가 덮고 있던 담요 끝자락을 잡아당겼다. 파르바나는 담요를 두 사람 어깨에 둘렀다. 파르바나는 흥얼거리던 노래에 대해 이야기했다. 그러자 아시프는 자신이 아는 노래를 불렀다. 그다음엔 두 사람이 모두 아는 노래를 함께 불렀다.

그들은 나란히 앉아서 노래했고 유성을 지켜보다가 피곤해서 다시 잠이 들었다. 파르바나는 배고픔과 등에 배기는 뾰족한 돌이 주는 고통을 느끼면서 잠이 들었다.

10
돌멩이 던지기

 슈아우지아에게

오늘도 우린 걸어야만 해.

난 좀 쉬고 싶어, 너무 피곤하거든.

그러나 아버지가 항상 하신 말씀이 있어.

"여기서 멈추면, 우린 죽는다."

하싼은 갑자기 털썩 주저앉곤 해.

그 아이는 쌀자루 같아. 눈에는 생기가 없고,

우리말에 반응을 보이지도 않고, 죽어가는 것 같아.

어제 우린 풀을 먹고 배가 아파 모두 토했어.

아시프와 나에게도 나쁜 일이지만 하싼에겐 정말 최악이야.

깨끗한 옷이 하나도 없거든. 오늘은 날씨가 따뜻해서 다행이야.

하싼은 빨래가 마를 때까지 벌거벗고 다녔거든.

우린 그 아이에게 파리가 달라붙지 못하도록 부채질을 해줘야 했어.

편지를 쓰다가 파르바나는 잠시 생각에 잠겼다. 하싼은 전혀 풀을 먹지 않았다. 우리는 풀을 조금이라도 먹이려고 했지만 소용없었다. 풀도 안 먹었는데 하싼은 왜 아픈 것일까?

문득 생각이 났다. 물을 끓여 먹는 것을 잊어버렸다. 파르바나는 이런 일을 잘 알고 있다. 카불 거리에 있는 수도꼭지에서 나오는 물도 꼭 끓여 먹어야 했다. 끓이지 않은 물을 먹으면 사람들이 아팠다. 모두 다 아는 사실이다.

파르바나는 작은 연못을 바라보았다. 이 연못 근처에서 사흘 동안이나 그 물을 그냥 마셨다. 물살이 빠른 냇가는 안전할 수도 있지만, 연못에 고여 있는 물은 분명히 끓여먹어야 했다. 얼마나 여러 번 아버지가 강조하셨는가? 오히려 그들이 모두 심하게 아프지 않은 것이 이상했다.

파르바나는 다시 펜을 꺼내들었다.

나는 뭔가를 기억해야 한다는 것이 지겹다.

…….

나대신 다른 사람이 기억해줬으면 좋겠다.

......

파르바나는 가방에 필기도구를 도로 넣은 다음 마른 풀을 모아서 불을 지피고 물을 끓였다. 다른 누군가가 나타날 때까지 모든 일을 책임지고 돌봐야 했다.

"배가 아프니까, 배가 고프지는 않아."

아기 옷이 다 마른 후 다시 길을 떠나면서 파르바나가 말했다.

아시프는 대답하지 않았다. 아시프는 모든 에너지를 걷는 데에만 쓰는 것 같았다. 파르바나는 하싼을 넘겨받아야만 한다는 것을 알고 있었지만 그렇게 하지 않았다.

이틀이 더 지나갔다. 아이들은 쉬기로 했다.

파르바나는 앉아서 무릎에 필기도구를 얹어 놓았다. 파르바나는 슈아우지아에게 편지를 쓰려고 했지만 또 얼마나 배가 고픈지, 얼마나 목이 마른지, 하싼에게서 얼마큼의 악취가 나는지를 쓰고 싶지 않았다. 파르바나는 이런 얘기들이 지겨웠다. 뭔가 새로운 이야기를 쓰고 싶었다.

이 세상이 달라진다면. 파르바나는 눈을 감고 생각했다. 엄마 고향에서 본 시원하고 푸른계곡을 상상했다. 그 계곡은 엄마가 말한 것보다 훨씬 더 아름답고 신선했다. 파르바나는 살고 싶은 장소에 대해서도 생각했다. 그런 다음 눈을 뜨고 편지를 쓰기 시작했다.

슈아우지아야

오늘 아침에 우리는 아프간 산에 숨겨진 계곡에 도착했어.

이곳은 아이들만 찾을 수 있는 비밀 장소야. 모두 다 푸른색이야.

일부는 파란색이기도 하고 노란색이기도 해. 또, 빨간색도 있고

내가 잘 모르는 색도 있어.

너는 색이 너무 밝아 눈을 다치게 될지도 모른다 생각할 거야.

그렇지는 않아. 모두 날 편하게 해줘.

파르바나는 계속해서 편지를 썼다.

한 페이지를 꽉 채워가자 마음속에 뚜렷하게 푸른계곡의 모습을 떠올릴 수 있었다. 진짜 사실 같았다.

"또 편지 쓰니?"

아시프가 떨어져 앉은 채 물었다.

"읽어줄까?"

"여자애 둘이서 얘기하는 걸 내가 왜 듣고 싶겠니?"

"너도 마음에 들 거야. 읽어 줄게."

파르바나가 말했다.

아시프는 좋다고는 안 했지만, 싫어라고도 말하지 않았다. 그래서 파르바나는 크게 소리 내서 편지를 읽었다.

푸른계곡은 먹을 것으로 가득 차 있어.

우리는 매일 라마단★이 끝난 것을 축하해 맛있는 요리를 먹어.

나는 금방 한 그릇을 다 먹었어.

밥상에는 건포도와 구운 새끼 양고기가 올라 있어.

그리고 디저트로 내 머리만큼 커다란 오렌지와 달콤한 딸기 아이
스크림을 세 그릇이나 먹었어.

아프간에 사는 그 누구도 아이스크림을 우리처럼 먹을 수 없어.

그렇지만 푸른계곡에 사는 아이들은 원하는 만큼 아이스크림을
먹을 수 있어. 너도 이곳을 좋아하게 될 거야.

프랑스가 싫증이 났으면 이리로 와도 좋아.

이곳이 에펠탑 대신 우리가 만날 수 있는 장소야.

난 이곳을 발견했고 절대로 여기를 떠나지 않아.

여기선 물도 끓이지 않고 마셔도 돼. 그래도 우린 아프지 않아.

다른 애들이 마술물이라고 말해.

여기 있는 애들은 모두 다 팔다리가 멀쩡해.

눈 먼 사람도 없고, 불행한 사람도 없어.

아마 아시프 다리도 곧 자라날 거야.

★ 라마단 : 회교도의 단식하는 달

파르바나는 편지 읽는 것을 마치자 깊게 숨을 쉬고는 편지를
내려놓았다. 조금 바보 같았다. 편지를 쓰는 동안은 명확히 이
모든 것을 볼 수 있었다. 그러나 지금 생각나는 것이라고는 고

픈 배와, 아시프의 심한 기침과 잘린 다리, 그리고 하싼에게 나는 지독한 냄새뿐이었다.

"푸른계곡?"

아시프는 발로 진흙을 걷어찼다.

"그런 곳은 없어."

"그래, 없어. 그냥 내가 만들었을 뿐이야."

파르바나는 맥이 빠져서 말했다.

"왜 만들었어?"

파르바나는 어깨를 으쓱해보았다.

"그냥 내 생각엔…… 내가 상상하면 사실이 될 줄 알았어."

"동굴에 있는 알렉산더 대왕의 보물처럼."

아시프가 조롱했다.

파르바나는 아시프와 함께 자신의 꿈을 나눈 것에 대해 화가 치밀었다. 그러나 무엇보다도 허황한 꿈을 가졌다는 데에 더 화가 났다. 아시프의 다리는 다시 자라나지 않을 것이고, 먹을 것도 전혀 없을 것이며, 끓이지 않은 물은 항상 사람들을 아프게 할 것이다.

파르바나는 노트에서 글을 쓴 종이를 찢어서 공처럼 동그랗게 말은 다음 벌판으로 확 던져버렸다.

산들바람이 작은 종이공을 들어 올려 다시 파르바나가 서 있는 방향으로 날아오게 했다. 종이공은 가까운 곳에 떨어졌다.

파르바나는 돌멩이 하나를 집어들어 종이공 위에 던졌다. 맞추지 못하자 화가 나서 다른 돌멩이를 집어던졌다.

"무슨 돌을 그렇게 형편없이 던지니?"

아시프가 말했다.

"넌 그 삐쩍 마른 팔로 나보다 더 잘 던질 수 있을 것 같아?"

"팔이 없어도 너보다는 잘 던지겠다!"

도전은 시작되었다. 파르바나는 아시프가 일어서는 것을 도왔고, 돌멩이도 건네주었다. 아시프는 던질 때 한쪽 지팡이에만 의지했다. 아시프가 던진 첫 번째 돌멩이는 파르바나가 던진 돌보다 훨씬 많이 나갔다.

"내가 말했잖아!"

"내가 먼저 던진 것은 무효야. 힘껏 던진게 아니잖아."

파르바나는 다른 돌멩이를 던졌다. 이번에는 파르바나가 더 많이 나갔다.

그들은 계속해서 돌멩이 던지기 놀이를 했다. 아시프가 던진 돌이 더 멀리 나갈 때도 있었고, 파르바나가 더 잘 던질 때도 있었다. 파르바나는 아시프에게 계속 돌멩이를 건넸고, 아시프는 그것을 받아 계속해서 던졌다.

"이렇게 작은 돌은 누구나 던질 수 있어. 커다란 걸로 갖고 와. 그러면 진짜 내 실력을 보여줄 테니."

아시프가 말했다.

파르바나는 두 손으로 던져야 할 만큼의 무거운 돌무더기를 모아왔다. 아시프가 돌멩이를 던지는 동안 파르바나는 아시프를 잡아줘야 했다. 아시프가 두 손으로 돌을 던지면서 동시에 지팡이를 잡을 수는 없었기 때문이다. 돌 던지기 놀이를 하면서 아시프는 기침을 했지만 계속해서 열심이었다.

파르바나는 돌무더기에서 가장 큰 돌을 골랐다. 꽤 무거웠다. 파르바나는 있는 힘을 다해서 벌판으로 그 돌을 던졌다.

그때 갑자기 땅이 커다랗게 울리는 소리가 나더니 그들 앞으로 울퉁불퉁 땅이 솟아올랐다. 그것은 마치 괴물이 땅속을 뚫고 튀어나오는 것만 같았다.

아이들은 비명을 질렀다. 먼지가 자욱이 일어나는 동안 그들은 비명을 지르고 또 질러댔다.

아시프는 파르바나 어깨에 작은 돌을 던졌다.

"지뢰를 터트렸잖아!"

아시프는 고함을 질러댔다. 화가 많이 난 아시프의 목소리는 하싼의 비명보다도 훨씬 더 컸다.

"이 멍청한 계집애야, 네 편지도, 네 프랑스도, 다 멍청이야. 네가 지금 무슨 짓을 했는지 모르겠어! 우리 모두 다 날아가 버릴 거야! 이 멍청아, 멍청아, 멍청아!"

파르바나에게 소리를 지르면서 아시프는 잘린 다리를 계속 잡고 있었다.

다시 무엇인가가 터질 때 파르바나는 아시프의 여윈 몸을 팔로 감쌌다. 그들은 바닥으로 뒹굴었다. 화약 냄새가 번졌고 하쌴은 울어댔다. 그들은 서로 매달려서 울고 또 울었다.

11

거미 소녀, 릴라

얼마나 오랫동안 그렇게 앉아 있었는지 모른다. 몇 시간 같기도 하고, 몇 분 같기도 했다.

손으로 얼굴을 감싼 채 손가락 틈으로 보이는 먼지투성이 벌판을 바라보았다. 얼마나 끔찍한 광경인지 아무 말도 하지 못했다.

지뢰는 드문드문 땅 위에 심어져 있었다. 그것은 마치 예쁜 물건처럼 보이도록 위장되어 밝은 색으로 색칠해져 있었다. 사람들은 그 물건을 가져가려고 하다가 팔이 날아가 버리곤 했다. 지뢰는 대부분 땅 밑으로 몇 인치 정도 묻혀 있었다. 사람들은 지뢰가 폭발할 때까지 자신들이 지뢰를 밟았는지 알지 못한다.

파르바나는 무엇을 해야 할지 알지 못했다. 만약 그들이 지뢰밭에서 한 발자국이라도 잘못 내디딘다면, 땅은 그들 바로 밑에서 솟아올라 올 것이다.

벌판을 향해 뛰어가야 하나? 어쩌면 지뢰가 터질지도 모르는데. 아니면 그곳에서 배고픔과 목마름으로 죽을 때까지 기다려야 하나? 어느 것이 올바른 결정인지 어떻게 알 수 있을까? 파르바나는 너무 지치고 슬퍼서 더는 생각할 수가 없었다. 어차피 어느 방법을 선택하든지 그들은 그곳에서 죽게 될 것 같았다. 파르바나는 결국 슈아우지아를 만나지 못할 것이다. 파르바나는 에펠탑 꼭대기에 앉아서 자신을 기다리는 친구를 생각했다.

파르바나는 턱을 아시프의 어깨에 기대었다. 그들의 울음소리는 조용한 흐느낌으로 바뀌어 있었다. 파르바나는 벌판을 바라보았다. 보이는 것은 돌과 먼지 그리고 더 많은 돌과 먼지로 둘러싸인 언덕뿐이었다.

갑자기 뭔가가 눈에 들어왔다. 무엇인가가 그들을 향해 달려오고 있었다. 파르바나는 눈을 몇 번 깜빡이면서 자신이 제대로 보고 있는지를 확인했다. 그런 다음 똑바로 앉았다.

"누가 오고 있어. 지뢰밭을 가로질러 오고 있어."

파르바나가 말했다.

아시프는 몸을 돌려 파르바나가 가리키는 곳을 보았다.

"여자 아이야."

"그런 거 같아."

파르바나는 대답하면서 그들을 향해 달려오는 여자 아이의 머리에서 휘날리는 차도르를 보았다.

"진짜 사람일까?"

아시프가 물었다.

파르바나는 확신할 수가 없었다. 가끔 사실처럼 보였던 일도 꿈을 꾼 것으로 확인되지 않았는가. 편지처럼.

"우리 둘 다 같은 상상을 할 순 없을 거야."

그들이 궁금해 하기도 전에 벌써 여자 아이가 앞에 와서 섰다.

"내가 본게 사람이 맞지!"

여자 아이는 환호성을 내며 그들을 끌어안았다.

파르바나와 아시프는 너무 놀라서 그 아이를 안을 수 없었다.

여자 아이는 아시프보다 작았고, 머리에는 더러운 녹색 차도르를 쓰고 있었다.

"아기가 있네. 정말 놀라운걸! 죽은 사람은 없어?"

굶주림으로 지친 파르바나의 뇌는 반응이 늦었다.

"뭐라고?"

"지뢰가 폭발했잖아. 죽은 사람 있어?"

여자 아이가 허공에 손을 흔들면서 말했다.

"아니, 아니. 죽은 사람은 없어."

"아기 이름이 뭐야?"

여자 아이가 물었다.

"하싼이야."

아시프가 대답했다.

"다 남자밖에 없네. 난 언니가 좋은데."

여자 아이가 말했다.

"애는 여자야."

아시프는 파르바나를 엄지손가락으로 가리키며 말했다.

"그래? 이상하게 생긴 여자네."

아시프가 낄낄 웃었다. 파르바나는 아시프에게 얼굴을 찌푸렸다. 파르바나도 여자 아이한테 똑같은 말을 할 수 있었다. 그 애는 긴 꽃무늬 천에 머리가 들어가도록 구멍을 뚫은 옷을 입고 있었고, 밧줄을 벨트로 사용하고 있었다. 그 아이의 얼굴은 파르바나가 여행하면서 본 다른 아이들처럼 상처 투성이었다. 아버지는 그런 상처는 질병과 감염의 원인이 된다고 말했다. 또 여자 아이는 무엇으로 만들었는지 재료를 알 수 없는 팔찌와 목걸이를 하고 있었다. 목걸이는 못으로 만든 것 같기도 했고, 깨어진 백열전구 끝을 꼬아놓은 것 같기도 했다. 그 장신구는 여자 아이가 주위를 껑충껑충 뛰어다닐 때마다 철렁철렁한 소리와 딸랑딸랑한 소리를 냈다.

파르바나는 여자 아이의 에너지에 압도당해서 그 애한테 어떠한 것도 물어보지 못했다.

"자, 가자." 여자 아이가 말했다.

"어디로?"

"물론 우리 집으로. 난 항상 지뢰밭에서 발견한 것을 집으로 가지고 가. 언니, 오빠는 마차나 당나귀보다 훨씬 더 좋은 거야. 당나귀 먹어본 적 있어? 물론 난 당나귀 한 마리를 통째로 집으로 가져갈 수는 없어. 그래서 가져갈 수 있게 잘라야 해. 그래도 한 번에 가져가지 못해서 다시 가지러 돌아오지만 그땐 벌써 파리나 벌레들이 꼬여 있어. 난 파리가 앉았던 음식은 먹고 싶지 않아. 벌레들이 무섭거든."

여자 아이는 계속 재잘거리면서 짐 꾸러미 두 개를 집어들고 걸어갔다. 파르바나는 하싼을 안았고 아시프도 일어섰다.

"잠깐만!"

파르바나가 여자 아이를 쫓아갔다.

"지뢰는 어떻게 하고?"

"지뢰는 괜찮아. 날 따라오기만 해. 그러면 다치지 않아."

여자 아이가 말했다.

여자 아이는 지뢰밭으로 향하였다. 그 애는 아주 빨리, 깡충 깡충 뛰어갔다. 파르바나는 몇 번이나 같이 가자고 소리쳤다. 지뢰밭에는 동물 뼈, 부서진 마차 바퀴, 그리고 음료수병 조각 같은 것이 널려 있었다.

여자 아이는 그들을 작은 계곡으로 데려가서 사면이 온통 바위 언덕으로 둘러싸인 숨겨진 작은 개간지로 들어갔다.

"우리 집에 온 걸 환영해."

여자 아이는 마치 궁전에 온 그들을 환영하듯이 두 팔을 벌리면서 말하였다.

여자 아이 집에서 처음으로 접한 것은 고약한 냄새였다. 개간지 안은 썩은 고기 냄새로 진동하였다. 마당에서 죽은 양과 염소를 보았는데 거기에는 파리가 들끓고 있었다.

집은 파르바나가 여행하면서 본 평범한 진흙집이었다. 다른 집과는 꽤 멀리 떨어져 있었다. 진흙이 곳곳마다 덧대어져 있었지만, 좀 더 위로 붙였어야 했다. 파르바나는 여덟 살 정도밖에 안 된 이 아이가 높은 벽에 손이 닿을 수 없으리란 사실을 깨달았다. 현관문 위에는 구멍이 여기저기 난 천이 걸쳐 있었다.

죽은 동물 시체 외에도 마당에는 온갖 너저분한 것이 널려 있었다. 부서진 널빤지, 빈병들, 작은 가죽 마구, 헤진 밧줄들, 더러운 찬장, 마구 엉킨 잡초들. 또 다른 냄새도 났다. 파르바나는 여자 아이가 마당을 화장실로도 사용하고 있다고 생각했다.

마당에는 아무도 없었고, 집에서 나와 그들을 맞이하는 사람도 없었다.

"너 여기 혼자 사니?

파르바나가 물었다.

"아니, 할머니하고 같이 살아. 가서 인사드려. 좋아하실 거야."

여자 아이는 그들을 집안으로 데려갔다. 안은 어두웠으며 여전히 악취가 났다.

"지뢰밭에서 아이들을 발견했어요, 할머니. 멋지지 않아요? 할머니한테 인사해."

여자 아이는 파르바나와 아시프에게 재촉했다.

처음에 파르바나는 여자 아이가 완전히 미쳤다고 생각했다. 그래서 방안에는 아무도 없을 것이라고 여겼다. 파르바나는 천천히 어두운 방안에 익숙해졌다.

파르바나는 벽 쪽에 있는 커다란 찬장과 낡은 매트 몇 개와 한쪽 구석에 쌓아놓은 천 더미를 보았다.

여자 아이는 천을 쌓아놓은 곳으로 가서, 무릎을 꿇고 귀를 기울였다.

"할머니가 너희를 만나서 매우 기쁘시데. 그리고 머물고 싶은 만큼 있다가 가라고 했어."

"우리가 저 애를 데리고 가는 게 좋겠어. 저 애도 너만큼 미쳤어."

아시프가 파르바나에게 속삭였다.

파르바나는 아시프의 말에 동의하고는 좀더 가까이 가서 천 무더기를 바라보았다.

파르바나는 무릎을 꿇고 천 위에 손을 얹었다. 사람의 등뼈를 느낄 수 있었고, 아주 미세하게 숨을 들이셨다 내셨다 하는 동작을 느낄 수 있었다.

여자 아이의 할머니는 얇은 매트리스 위에서 등을 문쪽으로 향한 채 공처럼 웅크리고 있었다. 할머니는 몸 전체를 검은 천으로 덮고 있었다. 얼굴조차도 천으로 가리고 있었으며, 움직이거나 말을 하지도 않았다. 숨을 쉬는 작은 움직임과 시체에서 나는 냄새가 나지 않는 것만이 살아 있음을 증명할 뿐이었다.

여자 아이는 뭔가가 잘못되었다는 것을 알지 못하는 듯했다. 여자 아이는 그들을 밖으로 데리고 나왔다.

"할머니는 쉬어야 해."

여자 아이는 춤을 추면서 주위를 빙글빙글 돌았다.

파르바나는 엄마가 저 할머니처럼 행동했던 일이 생각났다. 엄마는 아버지가 교도소에 잡혀갔을 때 토샤크 위에 가만히 누워만 있었다. 또 파르바나는 언덕 위에서 울던 여자도 생각났다.

이런 행동은 어른들이 너무 슬퍼서 아무 일도 할 수 없게 되었을 때 하는 일이다. 파르바나는 이런 일이 자신에게도 일어났었는지 그렇지 않았는지를 생각해 보았다.

파르바나는 여자 아이에게 백가지 정도 물어보았으나, 아이는 딱 한 가지만 대답하였다.

"이름이 뭐야?"

"릴라."

여자 아이는 이렇게 대답하고는 물과 찬밥을 가져다주었다.

음식을 먹고 난 파르바나와 아시프는 기운을 되찾았다. 그런데 두 사람은 하싼을 먹이는 데 실패했다. 하싼은 아주 많이 아파 보였다.

"이 애는 거의 죽은 거나 마찬가지야."

릴라가 인정머리 없이 말했다.

"아니야, 그렇지 않아. 곧 좋아질 거야."

아시프는 셔츠 끝에 물을 적셔서 하싼의 입을 적셔 주었다. 오랫동안 하싼은 그 자리에 앉아 있었던 것처럼 보였다. 바로 그때 하싼이 입술에 묻은 물을 빨아먹기 시작했다.

"봤지? 좋아지고 있잖아."

아시프는 밥을 조금 으깼었다. 하싼은 그것도 받아먹었다.

마당에는 우물이 있어서 씻을 수 있었다. 릴라는 그들에게 깨끗한 옷을 가져다주었다.

"이건 엄마 옷이야."

릴라가 말했다.

파르바나는 여자 옷을 입고 방에서 나오는 아시프의 모습을 보고 웃지 않은 것이 스스로 대견했다. 아시프의 옷은 빨아서 널어놓았다. 아시프의 막대기처럼 마른 몸은 어른 옷 속에 푹 파묻혀서, 노려보는 그의 얼굴마저도 옷 속으로 숨었다.

파르바나는 여자 옷이 마음에 들었다. 릴라가 준 샬와르 까미즈는 엷은 파란색이며 앞쪽 밑에는 하얀 수가 놓여 있었다.
이 옷은 파르바나를 예쁘게 보이게 했다.

마당에는 음식을 만들 불을 피웠다. 돌을 놓아서 그릇을 얹어놓을 자리를 만들었다. 릴라는 저녁으로 밥과 고기를 준비했다. 저녁을 먹기 전에, 릴라는 손가락으로 음식을 조금 떼어서 마당에 파놓은 작은 구덩이 안에 넣었다. 파르바나는 지쳐 있어서 릴라가 하는 행동에 대해 물어보지 않았다.

"비둘기 고기야. 마음에 들면 좋겠어."

릴라가 말했다.

파르바나는 지금 독수리를 먹는다 해도 아무런 상관이 없었다. 어떤 음식이라도 다 좋았다. 아시프는 하싼의 입에 고기 국물을 숟가락으로 떠 넣어 주었다. 하싼은 주는 것마다 다 삼키면서 아시프 얼굴을 쳐다보았다.

그들은 방에서 할머니와 함께 저녁을 먹었다. 릴라는 끊임없이 재잘거렸다. 접시 위에 음식을 담아서 할머니 앞으로 가져가서 덮은 천 밑으로 접시를 밀어놓았다.

파르바나는 자세히 지켜보았다. 그때 덮개 밑에서 천천히 움직이는 동작이 보였다. 할머니는 접시에 있는 음식을 조금 떼어서 입으로 가져가고 있었다.

저녁 먹는 내내 릴라는 쉬지 않고 말을 토해냈다. 끓어서 넘치는 냄비처럼 릴라의 입에서 말이 마구 쏟아져 나왔다.

"내가 말 많이 하는 건 알아. 그렇지만 사람하고 얘기한 지가 꽤 오래됐어. 특히 아이들과. 물론 할머니가 계시지만, 할머닌 말을 별로 안 하시거든."

파르바나가 보기에는 할머니는 전혀 말을 하지 않았다.

"할머니는 항상 저렇게 조용하시니?"

파르바나가 릴라에게 물었다.

"아니, 자주 말씀하셔. 우리 여자 가족은 다 수다쟁이야. 엄마가 떠돌아다니기 전까지는 말을 많이 했어."

"엄마들은 떠돌아다니지 않아."

아시프가 말했다.

"실은 아버지와 오빠를 찾으러 갔어. 어떤 사람이 전쟁터에서 두 사람이 죽었다고 말했어. 그러나 엄마는 그 말을 믿지 않고 두 사람을 찾으러 갔어. 그런데 아직도 돌아오지 않고 있어. 나는 매일 언덕에 올라가서 엄마가 오기를 기다려. 그런데 아직 돌아오지 않았어."

릴라는 엄마가 오랫동안 오지 않는 까닭을 이해하지 못하는 것 같았다.

파르바나가 너무 두려워서 차마 물어보지 못하고 망설이고 있던 것을 아시프가 물어보았다.

"네 엄마는 언제 떠났는데?"

릴라는 헷갈리는 것 같았다.

"지난겨울이 되기 전에 떠났어?"

파르바나가 물었다.

"응, 겨울이 되기 전에. 엄마가 떠날 땐 밤에도 따뜻했어."

릴라가 말했다.

그것은 아주 오래전이다.

"그럼, 넌 항상 혼자야?"

"혼자가 아니야. 할머니와 함께야."

릴라가 주장했다.

아시프와 파르바나는 서로 말없이 바라봤다. 이런 식으로 할머니와 함께 있는 것은 혼자 있는 거나 다름없었다.

"네가 말하고 싶은 것 다 말해. 우리가 들어줄게."

파르바나가 말했다.

12
지뢰밭의 천사

그들은 작은 집에서 밤을 보냈다. 릴라는 파르바나와 매트리스를 같이 썼고 아시프는 하싼 곁에서 잤다. 파르바나는 아주 깊게 잠이 들어 꿈도 꾸지 않았다.

파리들 등쌀에 파르바나가 깨어났다.

파르바나는 발목에 벼룩이 문 자국을 긁으면서 뭔가 조치를 취해야 한다고 생각했다. 그들은 또 침대에 있는 벌레들도 해결해야 했다.

그녀는 자신이 이미 당분간 이곳에 머물기로 했다는 사실을 깨달았다.

다른 사람들은 아직 자고 있었다. 파르바나는 부드럽게 자신의 가슴으로 올라와 있는 릴라의 팔을 내려놓고 밖으로 나갔다.

개간지는 그 자체가 작은 세상이다. 언덕으로 둘러싸인 이곳은 밖으로 나가면 또 다른 세상이 있다는 사실이 믿기 어려울 정도였다.

파르바나는 집 주위를 둘러보았다. 뒷마당에는 채소밭처럼 보이는 진흙더미가 있었다. 바닥에는 예전에 아버지와 지나가던 마을에서 본 적이 있는 토마토를 묶는 나뭇가지가 있었다.

마당 근처에는 비둘기로 가득 찬 녹슨 새장도 있었다. 새장은 파르바나보다 컸지만 횃대는 부러져 바닥에 나뒹굴고 있었고 그 위에는 새똥이 잔뜩 떨어져 있었다. 비둘기들은 새장 밑 바닥에 있는 오물 위를 껑충껑충 뛰어다녔다. 새 한 마리가 철사구멍으로 부리를 내놓았다. 파르바나는 손을 구멍에다 대고 손등으로 새의 부드러운 머리끝을 만졌다.

"우리가 어젯밤에 한 마리 먹었어."

릴라가 걸어오면서 말했다.

"우리는 이 새를 잡아먹고, 새는 새끼를 갖고, 그러면 우리는 먹을 게 더 많이 생겨."

릴라와 파르바나는 개간지를 둘러보았다.

"이건 사과나무야."

작은 사과와 푸른 잎이 달린 나무 두 개를 가리키며 릴라가 말했다.

"사과는 가을에 따는 거야. 맛있긴 한데 벌레도 같이 먹어야해."

마당 한쪽에는 밀가루 포대와 쌀자루가 있었다. 파르바나는 그곳에서 쥐구멍을 보았다.

"내 보물창고 보러 가자."

릴라가 말했다. 말은 보물창고지만 그것은 바위에 나무판자 몇 개를 비스듬히 세워놓은 거였다. 릴라는 그 중 한 나무를 잡아당겼다. 파르바나는 안을 살짝 들여다보았다. 그 안에는 식용유 몇 통, 둘둘 말아놓은 천 더미, 백열전구 한 상자, 냄비, 치수 별 신발과 모자, 밧줄, 휴대용 보온병 몇 개, 쥐가 갉아먹은 비누 한 상자가 들어 있었다.

"이거 다 어디서 났어?"

파르바나가 물었다.

"얼마 전에 지뢰가 터져 행상인이 죽었어. 그날은 운이 좋았어. 이걸 다 주웠으니까. 여기 있는 천으로 이 옷도 만든 거야."

파르바나는 릴라의 말을 이해하려고 애썼다.

"그럼 넌 폭발소리가 들리면 지뢰밭으로 나간다는 거야?"

"물론, 그 방법으로 언니를 발견한 거야."

"그 행상인은 어떻게 되었는데?"

"참, 날아갔다니까. 그 사람 마차도 옷도 다 날아가 버렸어. 그곳엔 쓸 만한 게 아무것도 없었어. 여기저기 헤매고 다녀서 이 물건들을 모은 거야."

파르바나는 릴라가 거미줄에 걸릴 파리를 기다리는 거미라고 생각했다.

아시프도 그때 그들에게로 와서 대화에 끼어들었다.

"너 정말로 지뢰밭에 들어가니? 그건 바보 같은 짓이야."

파르바나는 아시프에게 인상을 찌푸렸다.

"오빠 말은 그런 행동은 위험하다는 뜻이야."

"나한테는 위험하지 않아. 땅은 날 좋아해. 내가 음식을 먹을 때마다 조금 떼어서, 먹으라고 땅속에 넣어. 그게 내가 지뢰밭에서도 안전한 이유야. 그러니까 난 위험하지 않아. 날 따라하면 언니, 오빠도 절대로 위험하지 않아."

"너 좀 미친 것 아니니?"

아시프가 말했다.

"오빠 말에 신경 쓰지 마, 항상 저런 식으로 말하니까."

파르바나가 릴라의 어깨를 팔로 감싸면서 말했다.

"같은 여자라 이거지?"

아시프는 어깨너머로 말하면서 집안에서 하싼이 부르는 쪽을 향해 절뚝절뚝 거리며 걸어갔다.

릴라는 파르바나를 보고 웃었다.

"우리 의자매 맺자."

릴라가 말했다.

파르바나는 의자매라는 말이 마음에 들었다.

"그래, 의자매 하자."

"그럼, 언니 형제들도 내 형제가 되는 거야?"

"아시프와 하싼 말이니? 그 애들은 내 형제가 아니야. 그냥 어쩌다가 만난 거야."

"그럼, 지금부터 언니 형제 하면 되잖아."

릴라가 말했다.

"알았어. 그렇게 하자."

파르바나는 동의하면서 과연 아시프가 자기를 누나로 맞이하는 것에 대해 어떻게 느낄지가 궁금했다.

"아시프와 하싼이 내 오빠와 동생이 되었으니까 내 할머니도 언니 할머니야."

파르바나는 매트리스 위에 있는 커다란 물체를 할머니로 삼는 일에 대한 자신의 감정을 말하지는 않았다. 그건 아무 문제가 되지 않았다. 할머니는 할머니일 뿐이고 할머니가 생긴다는 것은 좋은 일이다.

"누가 너에게 요리와 일하는 법을 가르쳤니?"

파르바나가 물었다.

"일은 아버지와 오빠가 전쟁터로 가기 전에 하는 것을 봤어. 요리는 할머니와 엄마가 가르쳐 줬어."

릴라는 깡충깡충 뛰어가 아침 차를 끓이려고 불을 지폈다.

파르바나는 아시프가 발을 질질 끌면서 비둘기 집 옆에 있는 부서진 나뭇더미로 걸어가는 모습을 보았다.

"여기 며칠 있으려고 해."

"내가 저 미친 여자 아이와 미친 할머니와 함께 이곳에 머물 거라 생각한다면 너도 똑같이 미친 거야."

"너보고 있으란 말은 아니야. 내가 말하려는 것은 하싼도 같이 있어야 한다는 뜻이야."

파르바나가 덧붙여 말했다.

"넌 내가 떠나길 바라지. 내가 여기 있으면 널 힘들게 할 테니까."

아시프가 말했다.

파르바나는 그다음에 아시프가 무슨 말을 할지 훤히 알고 있었기에 가만히 있었다.

"그래서 여기 있을 거야. 그것이 널 괴롭히는 일이니까."

아시프가 결심하듯이 말했다. 그리고 그는 지팡이로 나무 조각을 콕 찌른 다음 가버렸다.

파르바나는 한숨을 쉬었다. 아시프는 정말로 골칫덩이다.

슈아우지아에게

우린 진짜 푸른계곡을 발견했어. 작고 개발되지 않은 조용한 곳이야. 아름답게 만들려면 할 일이 많지만 우린 할 수 있어.

이곳은 아이들한테 안전한 곳이야. 아무도 다치지도 맞거나 잡혀가지 않아. 사람들은 다 친절하고 두려운 사람도 없어.

우린 이곳을 전쟁에 휘말리지 못하게 할 거야.

행복하고 자유가 있는 장소로 만들 거야.

그래서 누군가 전쟁을 하러 왔을 때 그들도 행복을 느껴서 사람

을 죽일 수 없도록, 그렇게 만들 거야.

파르바나는 개간지를 둘러보았다. 할 일이 태산 같았다. 파

르바나는 미소를 지었다.

그들은 마당부터 청소를 시작했다.

13
새로운 보금자리

파르바나는 계획을 짰다. 파르바나와 아시프는 휴식이 필요했고 하싼도 돌봐야 했다. 그래서 이곳을 변화시키기 전에 먼저 릴라와 가까워지기를 원했다.

파르바나는 낡은 나무판을 사용해 죽은 짐승의 시체 위로 진흙을 퍼 날랐다. 시체들을 적당히 묻어줘야 했지만 아직 그런 일을 할 만한 힘은 없었다.

"진흙은 파리를 내쫓는 데 도움이 돼."

어디든 따라다니는 릴라에게 설명해 주었다.

"그건 생각도 못했어."

릴라가 말했다.

"아무도 내게 말해주지 않았어."

릴라는 의기소침해져 자기 발끝을 내려다보았다.

"나는 일을 제대로 하려고 노력했어."

파르바나는 몸을 구부려서 릴라의 눈을 마주 보았다.

"넌 일을 아주 잘했어. 네가 모르는 일도 있는 거야. 그걸 창
피해 할 필요는 없어."

파르바나는 릴라의 얼굴을 가리고 있던 머리카락을 정리해
줬다. 그래서 릴라는 파르바나가 웃는 얼굴을 정면에서 볼 수
있었다. 파르바나는 뒤로 몇 발자국 물러난 다음 다시 유심히
릴라를 바라보았다.

릴라 이마에는 염증이 생긴 커다란 상처가 있었는데, 그것은
얼굴 밑에 난 작은 상처와 비슷하였다. 그런데 이마의 상처에
는 작고 흰 벌레가 여러 마리 꿈틀거리고 있었다.

"이리와 봐."

파르바나는 릴라를 마당에 햇볕이 잘 드는 곳으로 데려갔다.

"뭐하는 거야?"

아시프가 물었다.

파르바나는 릴라의 상처를 보여주었다.

"내가 치료해줄게. 내가 너보다 인내심이 더 많으니까."

아시프가 말했다.

파르바나는 그렇지 않다고 말하려 했지만 아시프가 옳다는

사실을 깨달았다. 아시프가 인내심은 더 많았다. 파르바나는 릴라의 상처를 씻기려고 물을 데우러 갔다. 이것은 엄마한테 배운 방법이다.

"얼굴에 벌레가 기어다니는 걸 알고 있었니?"

파르바나는 아시프가 릴라에게 물어보는 소리를 들었다.

"가끔, 그래서 털어내려고 했어. 그런데 항상 느끼는 건 아니야."

파르바나는 보물창고에서 작은 비누 하나를 가져오고, 물그릇 밑에 불을 피웠다. 천을 길게 몇 개로 자른 다음, 릴라와 아시프에게로 가져갔다. 도중에 하싼이 뭐하는지 가 보았다. 하싼은 할머니와 멀리 떨어지지 않은 곳에서 낮잠을 자고 있었다.

"이것이 필요할 거 같아서."

파르바나가 아시프와 릴라에게 말했지만 두 사람은 그 말을 들을 새가 없었다. 릴라는 아시프가 끈기 있게 상처에서 작은 벌레들을 잡아 빼는 동안에도 쉬지 않고 말하고 있었다.

"파리가 상처에다가 알을 낳았어. 그 알이 벌레로 자라난 거야."

"오빠는 어떻게 그렇게 똑똑해?"

그것은 누구든지 알 수 있는 일이라고 파르바나는 말하려고 하였으나 다시 말을 삼켰다. 아시프가 환하게 웃고 있었다.

"이제 내가 할게."

파르바나가 말했다.

"왜? 필요 없어."

아시프는 벌레 잡는 일을 끝마친 다음, 천을 뜨거운 물에 적셔서 상처에다 부드럽게 두드렸다.

"이제부턴 얼굴을 깨끗이 해야 해."

아시프가 릴라에게 말했다.

"사실 무슨 일을 하든지 항상 깨끗해야 해."

"알았어. 그렇게 할게. 이젠 언니도 오빠도 있으니까 깨끗이 할게. 할머니하고만 있어서 잊어버렸어."

파르바나는 자리를 피했다. 파르바나는 자신의 감정을 이해할 수 없었다. 질투하는 건가? 아니면? 마음속으로 자신을 꾸짖었다. 이곳은 안전하고, 먹을 음식도 있고, 마실 물도 있으며, 잘 지내고 있다. 그런데 무엇이 문제인가?

무엇이 문제인지 파르바나는 잘 이해할 수가 없었다. 분명히 아는 것은 할 일이 있다는 것뿐이었다. 파르바나는 지금 입고 있는 옷을 더럽히지 않으려고 전에 입던 남자 옷으로 갈아입고 일을 시작했다.

차츰차츰 푸른계곡은 모양을 갖춰 갔다. 가장 힘든 일은 개간지 밖으로 동물 시체를 운반해서 묻는 일이었다. 아시프가 짐승 시체를 밧줄로 묶고, 파르바나와 릴라가 밖으로 끌어냈다. 세 아이가 힘을 합쳐 땅을 파서 짐승을 묻었다. 그런 다음 그들은 적당한 장소에 화장실을 팠고 파리의 공격을 받는 마당을 깨끗이 청소했다. 청소하고 나니까 윙윙거리는 소리가 훨씬 덜했다.

"이런 일을 어디서 배웠어?"

일을 다 끝마친 후 릴라가 물었다.

파르바나도 확실히는 몰랐다.

"엄마는 깨끗한 것을 좋아하셨어. 항상 내가 그 일을 도와야 했어. 또 아버지와 여행했던 난민촌이나 마을에서 사람들이 일하는 것을 보았어. 그리고 어떤 일은 상식이기도 해."

"뭐? 상식?"

아시프가 비웃었다.

파르바나는 아시프를 무시했으며, 그는 자기를 제외한 모든 사람들과는 잘 지낸다는 결론을 내렸다.

"쥐들이 쌀과 밀가루를 파먹지 못하게 해야겠어."

아시프는 마당에 있는 쓰레기를 샅샅이 뒤져 나무판자와 플라스틱판을 찾아와 쥐가 침입하지 못할 쌀통을 만들려고 했다. 그는 못을 충분히 구하지 못하자 밧줄을 사용했다.

"너희는 남은 쌀과 밀가루를 깨끗이 정리해. 난 식량을 안전하게 담아둘 통을 만들 테니까."

아시프가 명령하듯 말했다.

파르바나는 아시프가 뭔가 명령할 때마다 기분이 좋지 않았다.

파르바나와 릴라는 쥐가 파먹은 자루를 언덕 꼭대기까지 운반했다.

"우리가 쌀을 고르는 동안 엄마가 오는지 볼 수 있어, 동시에 언니 엄마가 오는지도 볼 수 있고."

릴라가 말했다.

"그래?"

파르바나가 언덕 아래로 쥐똥을 툭툭 치면서 대답했다.

"아마 언니 엄마와 내 엄마 두 분이 저 들판을 함께 걸어올지도 몰라. 그럼 정말 멋지지 않을까?"

"그래. 멋있어. 그렇지만 그런 일은 생기지 않을 거야."

"생길 수도 있어. 그렇게 생각하지 않아? 정말로 그런 일이 생길 거라 생각지 않아?"

릴라가 주장하듯이 말했다.

"그래, 가능한 일이야."

파르바나는 마음이 약해져서 대답했다.

릴라는 두 사람의 엄마가 우연히 만나서 신기하게도 서로 아이가 파르바나와 릴라라는 것을 알게 된 후 아이들에게로 돌아오기로 한다는 길고도 세세한 공상을 파르바나에게 얘기했다. 릴라가 숨을 헐떡이며 이야기를 마칠 때쯤에는 파르바나도 거의 릴라의 말을 믿게 되었다.

"아시프 오빠, 엄마는 죽었어. 아버지도. 그래서 아무도 없대."

릴라가 말했다.

"네가 그걸 어떻게 알아?"

"오빠가 말해줬어. 삼촌과 함께 살았는데, 삼촌한테 너무 많이 맞아서 도망쳤대."

"왜 너한테만 그런 얘기를 했을까? 나한테는 한마디도 안 했는데."

파르바나가 말하는 도중 릴라는 벌써 딴 얘기를 하고 있었다. 그러나 파르바나는 듣지 않았다. 아시프에게 불편한 감정을 느꼈다.

며칠이 지나자 푸른계곡은 더 지내기 좋아졌고, 아이들의 상태도 좋아졌다. 릴라의 상처도 나아가기 시작했다. 하루는 파르바나가 릴라의 긴 머리를 감기고 빗겨주었다. 물론 진짜 빗은 없었기 때문에 손가락을 사용하였다. 머리를 다 빗고 나자 릴라는 훨씬 예뻐 보였다. 머리를 두 갈래로 길게 땋아 묶어 주었다. 릴라는 땋은 머리가 움직이는 것을 느끼려고 고개를 양쪽으로 흔들어댔다. 그 모습을 보고 파르바나는 웃었다.

하싼은 기운이 하나도 없어 보였다.

"하싼은 식물 같아. 물을 주지 않으면 시들어버려. 그런데 물을 주면 다시 살아나."

파르바나가 말했다. 그때 하싼이 기기 시작했다.

"한군데 가만히 있으면 널 돌보기가 훨씬 쉬울 텐데."

파르바나가 하싼에게 말했다. 그들은 하싼을 조심스럽게 지켜보았다. 하싼은 손에 잡히는 것은 무엇이든지 다 입으로 가져갔다. 그들은 하싼의 이러한 행동이 괜찮은지 아니면 해로운지를 알 수가 없었다.

하싼은 누가 음식을 주든지 다 먹었다. 그러나 분명히 아시프를 더 좋아했다. 아시프와 노는 것이 싫증이 나면 재미있는 놀이를 찾아 여기저기 돌아다녔고 비둘기 보는 것도 좋아했다. 어디론가 사라졌을 때에는 대부분 비둘기와 함께 있었다.

"하싼이 일어섰어!"

어느 날 아시프가 소리쳤다. 파르바나와 릴라가 뛰어왔다. 하싼은 비둘기 집의 철삿줄을 붙잡으면서 스스로 일어섰다. 하싼은 히죽 웃으면서 비둘기들에게로 다가섰다. 그러나 새장으로 한 발짝 더 디디는 순간 뒤로 엉덩방아를 찧고 말았다. 하싼은 깜짝 놀라더니 다시 새장을 손으로 잡고 몸을 끌어당겨 일어서려 하였다.

그러던 어느 날 아침 하싼이 보이지 않았다. 비둘기 집에도 없었고, 집안에도 없었다. 파르바나는 몸이 오싹해졌다.

"지뢰밭으로 갔을지도 몰라!"

"뭐라구? 그렇게 서 있지만 말고 빨리 쫓아가 봐!"

아시프가 고함을 질렀다.

릴라가 제일 먼저 도착했다. 하싼은 작은 계곡을 넘어 기어가고 있었다. 바로 그 옆은 지뢰밭이었다. 하쌴을 순식간에 잡아챘다.

"가면 안돼, 저기 가면 죽어!"

하쌴이 날카로운 소리를 냈다. 하쌴이 몸부림치며 야단법석을 떨자 릴라는 아기를 파르바나에게 건네주었다.

아이들은 오늘 일어난 일에 대해 토론을 했다.

"하쌴이 지뢰밭을 기어다니게 할 수는 없어 그렇다고 온종일 하쌴을 쫓아다닐 수도 없어."

파르바나가 말했다.

아시프가 한 가지 해결책을 내놓았다.

"하쌴 허리에 긴 줄을 묶어 놓자. 그럼 집 주위는 기어다닐 수 있고, 지뢰밭에는 갈 수 없잖아."

결국 아시프의 말을 따르기로 했고 다시 상황이 좋아졌다.

아시프는 무엇엔가 몸을 의지한 채 벽에 진흙을 붙이는 일을 아주 잘했다. 긴 나무판자로 장비를 만들어 높은 곳까지 진흙을 붙였다. 곧 집이 더 튼튼해졌다.

릴라와 파르바나는 지뢰밭 경계에서 야생화를 파다가 마당에 심었다. 릴라는 그 가장자리를 돌멩이로 장식했다. 파르바나는 예전에 카불 시장에 심었던 꽃이 생각났다. 그 꽃이 피어났는지 궁금해졌다.

아이들은 채소를 재배하는 방법을 알지 못했다. 그러나 파르바나가 마당에서 죽은 식물과 잡초를 뽑고 있을 때, 그곳에는 이미 뭔가가 자라고 있었다.

"아마 작년에 재배한 것에서 떨어진 씨앗인가 봐."

파르바나는 곁에서 돕고 있던 릴라에게 말했다.

"마술일지도 몰라. 땅이 날 좋아한다고 했잖아."

릴라는 끼니때마다 자신의 음식과 하싼의 음식을 조금 떼어 땅에 묻었다. 이것에 익숙해지자 파르바나도 같은 행동을 하기 시작했다. 처음엔 바보 같다고 느꼈지만 이제는 습관이 되었다.

아시프는 이 의식에 참여하지 않았다.

"지뢰를 벗어날 방법은 없어. 너희 둘은 바보야."

아시프가 주장했다.

"다리는 어쩌다가 잃은 거야?"

파르바나가 물었다.

전에는 감히 물어볼 수 없었던 말이지만 릴라에게도 가족에 대한 얘기를 해줬으니, 다리에 대해 얘기도 할 준비가 되어 있을지 몰랐다.

그러나 파르바나의 예상은 빗나갔다.

"아니야. 지뢰 때문이 아니야."

아시프는 파르바나를 노려보면서 말했다.

"그것은…… 늑대야. 늑대가 내 다리를 먹었어. 하지만 나도 그 늑대를 먹었는걸. 그러니 내가 싸움에서 이긴 거야."

"와! 오빠는 정말 용감해."

릴라가 말했다.

아시프는 릴라를 보고 웃으면서 비쩍 마른 가슴을 약간 펴보였다.

파르바나는 눈동자만 굴리고 있을 뿐이었다.

오후가 되면 파르바나는 그늘진 곳으로 가서 친구에게 편지를 썼다.

슈아우지아에게

오늘 아침에 집을 고치고 깨끗이 청소를 했어.

채소 씨앗이 있었으면 좋겠어.

비둘기 비료를 사용해서 우린 멋진 채소를 재배할 수 있을 텐데.

닭도 맛있었어. 비둘기도 맛있지만 난 닭이 더 좋아.

아마 어떤 행상인이 지뢰가 터져 죽게 된다면 그 사람이 닭, 씨앗, 랜턴, 랜턴 약, 하싼 장난감과 내가 읽을 책, 아시프의 의족, 릴라를 위한 진짜 보석, 벌레가 들어 있지 않은 새 토샤크 등을 갖고 있었으면 좋겠어.

그때까지 우린 지금 가진 것으로 생활해야 할 거야.

파르바나는 편지를 다시 한번 읽으면서 생각했다. 이 모든 것을 갖게 된다면 얼마나 좋을까! 그때 문득 파르바나는 자신의 소망이 실현되려면 행상인이 죽어야 한다는 사실을 깨달았다.

한 순간 파르바나는 자신이 했던 생각이 놀라왔다. 그리고는 그 생각을 떨쳐버렸다.

"이곳을 만든 건 내가 아니야. 난 단지 이곳에서 잠시 살고 있을 뿐이야."

파르바나는 혼잣말로 중얼거렸다.

14
기분좋은 청소

릴라와 파르바나는 교대로 할머니 시중을 들었다. 할머니는 많은 보살핌이 필요하지는 않았다. 그냥 구석에서 먹고 자고 할 뿐이다. 하루에 몇 번씩 파르바나 릴라가 할머니에게 그릇을 갖다주면 할머니는 그것을 은밀히 사용했다. 그들은 그릇 속에 든 것을 화장실에 갖다 버렸다.

처음에 아이들은 할머니 주위에서는 조용히 하려고 매우 조심했다. 하지만 곧 할머니에 대한 걱정을 잊어버리고 밖에서 떠들 때와 똑같이 집 안에서도 떠들어댔다. 가끔 하싼은 일어서는 연습을 할 때 할머니에게 의지했다. 할머니가 그런 행동을 싫어한다 하더라도 어떤 내색도 하지 않았기 때문에 알 수가 없다.

파르바나는 보물창고에서 실과 바늘을 발견했다.

"네 옷을 맞게 고쳐줄게. 지금도 예쁘지만 더 예쁘게 만들어 줄게."

파르바나가 릴라에게 말했다.

파르바나가 릴라를 위해 만든 옷은 바느질이 고르지는 못했지만 떨어진 소매도 다시 이었고, 예전의 옷보다는 튼튼해 보였다. 그리고 옷감도 릴라의 눈 색깔인 파란색으로 맞추었다.

그들이 이곳에 온지 몇 주가 지난 어느 날, 파르바나는 선반 위의 먼지를 털어내기로 했다. 파르바나는 엄마와 노리아가 얼마나 끊임없이 찬장을 청소했었는지 생각했다. 엄마와 언니는 파르바나가 힘들게 길어온 물을 마구 써버렸다.

그들은 푸른계곡 집에 방을 하나, 아니 두 개도 더 만들 수 있었다. 엄마, 할머니, 그리고 노리아가 한방에서 자고, 하싼은 아시프와 아리와 함께 방을 쓰면 된다. 마지막으로 하나 남은 방은 파르바나와 마르얌과 릴라가 쓰면 되었다. 사람들이 다 함께 모여서 산다면 정말로 멋진 일이 될 것이다.

가족에 대한 그리움은 비수가 되어 마음에 꽂혔다.

파르바나는 물통에 행주를 던졌다. 그리고 언덕으로 뛰어올라갔다. 그곳에는 이미 릴라가 와 있었다.

"뭐 본 거 있어?"

"지나가는 탱크 몇 개 봤어. 하지만 그들은 날 보지 못했을 거야. 그러니까 날 쏘지 않았겠지."

릴라가 말했다.

"군인들은 우릴 발견하지 못할 거야. 여기는 아주 멀리 떨어져 있어."

파르바나가 릴라의 머리를 톡톡 치면서 말했다.

"그런데 엄마들은 아직 못 봤어?"

릴라는 다시 벌판을 쳐다보았다.

"아니, 오늘도 안 오려나 봐."

"그럼, 내일 올지도 모르잖아."

파르바나가 말했다.

"그래, 내일 올 거야."

파르바나는 새로 생긴 동생 옆에 쪼그리고 앉았다.

"가족이 나타나지 않으면, 그들을 찾아 떠나야 해."

"우리가 여기에 교대로 앉아 있으면 돼. 우리 중 한 사람이 여기 계속 있으면 엄마들이 그냥 지나가는 일은 없을 거야."

릴라가 말했다.

이제 떠나야 한다고 파르바나는 생각했다. 오랫동안 먹지 못하고 피곤에 지쳐서 시골길을 끝없이 걸어야 했던 일을 떠올렸다. 이번에는 혼자 가게 될 것이다. 아시프에게 같이 가자고 할 수는 없었다. 아시프는 이곳을 자기 집으로 생각하고 있다. 그리고 하쌴도 이곳에서 잘 먹고, 잘 지내니 데려갈 수 없다.

"언니는 여기서 영원히 살 거지, 그렇지?"

릴라는 손가락을 파르바나 손가락에 감으면서 물었다.

"우린 자매니까 같이 있어야 해."

"그래, 여기 있을 거야."

파르바나는 대답했지만 '영원히'라는 말은 하지 않았다. 파르바나는 릴라의 손을 꽉 잡고 집을 청소하러 돌아왔다.

"계속 엄마를 찾아야 해. 그래야 해. 지금은 아니지만……."

파르바나는 선반 청소를 마치면서 큰 소리로 맹세했다.

결심은 훨씬 기분을 좋게 했다. 파르바나는 만족스러운 숨을 깊이 쉬었다. 그런 다음 뭐 할 일이 없나 하고 작은 집을 둘러보았다.

파르바나는 잎이 무성한 나뭇가지가 널려져 있는 매트바닥을 쓸었지만 결과에 만족스럽지는 않았다. 밖으로 갖고 나가서 달라붙은 먼지를 털어내야 했고, 토샤크도 역시 밖으로 가져가야만 했다. 그래야 뜨거운 태양이 침대에 붙은 벌레와 이를 몰아낼 수 있다.

"엄마는 내가 시키지도 않은 집안일을 하는 걸 보면 도저히 믿지 못할 거야."

파르바나가 웃었다. 파르바나는 청소할 때를 제외하고는 항상 여자옷을 입고 있었다. 머리카락도 다시 자라고 있어서 곧

귀 뒤로 넘길 수 있을 것 같았다.

방에는 토샤크 세 개가 있었다. 그 중 두 개를 마당으로 끌고 나왔다. 그러고는 몸을 구부려 구석에 있는 나머지 매트를 잡아당겼다. 그러나 매트는 움직이지 않았다.

할머니 때문이었다. 그것은 바로 할머니가 웅크리고 앉아 있는 매트였다!

"할머니도 가구와 똑같이 바깥공기를 마셔야 해요."

파르바나가 말했다. 파르바나는 자신이 우스웠다. 엄마 친구 위이라 아줌마처럼 으스대며 말했기 때문이었다.

파르바나는 마당으로 갔다. 릴라가 언덕에서 내려와 나뭇가지로 토샤크를 내리치면서 먼지를 털고 벌레를 잡고 있었다. 아시프는 하싼과 나무 조각으로 장난감 차 놀이를 하면서 즐겁게 놀고 있었다. 아시프는 차 소리를 냈고, 하싼은 그 소리를 흉내 내려고 하였다.

"할머니는 걸을 수 있니?"

파르바나가 릴라에게 물었다.

"엄마가 떠나기 전에는 걸을 수 있었는데."

"할머니를 밖으로 모시고 나오자. 할머니에게도 좋은 일이고, 방안을 깨끗이 청소할 기회이기도 해."

파르바나가 말했다.

아시프는 도움을 많이 줄 수는 없었지만 함께 집안으로 들어갔고, 하싼은 뒤를 따라 기어왔다. 하싼은 아시프가 걸을 때 지팡이를 잡는 것을 좋아했다.

파르바나와 릴라는 할머니 앞에 쭈그리고 앉았다.

"할머니, 우리가 할머니를 지금 밖으로 모시고 나갈게요."

릴라가 말했다. 할머니는 아무런 반응이 없었다.

"어떻게 하지? 우린 할머니를 들 수 없어."

릴라가 물었다.

"토샤크째 끌고나가자."

아시프가 제안했다. 말을 알아듣기라도 한 듯이 하싼은 매트리스로 기어올라가서 할머니 옆에 앉았다. 하싼은 재미있다는 듯이 낄낄 웃었다.

아이들은 매트리스 끝을 잡고 천천히 문밖으로 끌고 나왔다. 파르바나는 할머니가 떨어지지 않으려고 가늘고 주름진 손으로 매트리스 옆을 잡는 것을 보았다. 그러나 다른 움직임은 없었다. 하싼은 덤으로 매트리스를 타는 것을 즐거워했다.

"잠시 할머니를 햇볕에 있게 하자. 너무 뜨거워지면 그때 그늘로 옮기자고."

릴라가 제안했다.

하싼은 할머니 어깨 위에 기어올라갔다. 그래서 아시프는 놀이를 하자며 하싼을 데리고 갔다.

파르바나와 릴라는 바닥 매트를 밖으로 가져가서 진흙을 털어내고 햇볕에 내다 널었다. 그런 다음, 그들은 방 안을 박박 문질러 댔다. 두 사람 덕택에 방안은 냄새도 한결 좋아졌고, 훨씬 더 밝아 보였다.

그 이후로 그들은 할머니를 매일 밖으로 데리고 나갔다. 그러던 어느 날 오후 하싼에게 잠시 눈을 뗀 사이에 아기가 할머니 머리에 있는 차도르를 낚아채어 그것을 자기 몸에 감고는 크게 웃어댔다.

할머니는 얼굴을 가리려고 몸을 웅크렸다. 릴라가 하싼에게서 차도르를 빼앗아서 할머니에게 돌려주려고 하자 파르바나가 앞을 가로막았다.

"그냥 내버려 둬."

햇볕을 쬐는 동안 릴라는 손가락으로 할머니의 길고 흰 머리카락을 빗었다. 그러자 천천히 할머니 몸이 펴지기 시작하더니 얼굴이 드러났다. 확신할 수는 없었으나 파르바나는 할머니가 웃는 것을 본 것 같았다.

포근한 햇볕이 가득한 날, 충분한 음식, 행복한 일과와 더불어 몇 주가 지나갔다. 릴라 얼굴에 난 상처는 완전히 나았다. 하싼은 튼튼해졌고, 아시프도 기침을 멈추었다. 그들은 밤에 요리하려고 피워놓은 불가에 둘러앉아 얘기도 하고 노래도 불렀다. 하싼은 대부분 아시프의 무릎에서 잠이 들었지만, 가끔 할머니가 나와 앉아 있을 때면 할머니 옆에서 잠이 들기도 했

다. 그러면 할머니가 아기의 머리를 부드럽게 쓰다듬는 모습을
볼 수 있었다.

슈아우지아에게

멋진 날이야. 할머니가 방에서 마당을 바라보고 앉아 계셨어.

가끔. 할머니는 힘드신가 봐. 그래서 벽만 보고 돌아누워 계셔.

그럼 난 할머니에게 괜찮다고 말을 해.

난 나쁜 일에 대해선 모두 알고 있으니까.

엄마 소식은 아직 없어. 릴라 말로는 단지 시간문제라는 거야.

난 노리아가 이곳으로 오자마자 대장이 되지 않기 바라.

노리아가 내가 먼저 이곳을 발견했다는 것을 인정해주길 바라.

그런데 내가 너무 많은 소망을 하는 게 아닌지 몰라.

아주 아주 좋은 날에는 할머니가 서 계시는 연습을 해.

할머니 다리는 아직 약해서 오랫동안 서 있을 수는 없어.

가끔 하싼도 같이 서 있으려고 해.

두 사람이 함께 연습해. 두 사람이 정말 비슷해서 볼 때마다 웃겨.

아시프도 웃어. 비록 나를 향해 웃진 않지만 요즘엔 늘 웃어.

우리는 할머니한테 아기를 보고 웃는 거라고 말하지만 사실은 두

사람 다 보고 웃는 거야.

"나는 글씨 쓸 줄 몰라. 학교에 가본 적이 없어. 엄마도 할머

니도 학교에 다니지 않았어. 엄마는 나를 학교에 보내고 싶어
했어. 하지만 여긴 학교가 없어."

릴라가 파르바나 옆에 쪼그리고 앉아서 말했다.

"내가 읽고 쓰는 법을 가르쳐 줄게."

파르바나가 말했다. 아시프는 근처에서 하싼의 손을 잡고 스
스로 일어나는 연습을 시키고 있었다. 아시프는 아무 말도 하
지 않았지만 두 사람의 이야기에 솔깃하여 귀를 기울였다.

"할머니도 가르칠 수 있어?"

파르바나는 고개를 끄덕였다.

"그럼."

"할머니는 항상 책을 읽고 싶어 하셨어."

릴라가 계속해서 말했다.

"할머니는 늘 책이 있으면 읽는 법을 배우고 싶다고 또 하루
일과가 끝나면 앉아서 책을 읽고 싶다고 하셨어. 할머니는 책
은 새로운 것을 생각하게 해준다고 하셨어. 언니가 글을 가르
쳐 준다면 할머니는 무척 좋아하실 거야."

파르바나는 당장 뭘 해야 할지 알았다.

아버지 책이 두 권 남아있다. 하나는 작은 책이고 또 하나는
양장본이다. 파르바나는 양장본을 꺼내서 할머니에게로 가져
갔다.

할머니는 기분이 별로인 것 같았다. 평소처럼 벽을 바라보며

차도르를 머리 위까지 덮어쓰고 계셨다.

"할머니에게 줄 선물을 가져 왔어요."

파르바나는 책을 매트리스 속으로 밀어 넣으면서 말했다. 할머니 손 위에 책을 올려놓았다.

"책이에요. 이제 이건 할머니 거예요. 그리고 제가 글 읽는 법을 가르쳐 드릴게요."

가늘고 주름진 손이 천천히 책을 쓰다듬었고 엄지손가락으로 책장을 넘겼다. 파르바나가 릴라에게 돌아가려는데 할머니가 파르바나의 손을 잡은 다음 힘을 주었다.

"마음에 드시죠."

파르바나가 말했다. 파르바나는 마지막으로 남은 아버지의 책을 슈아우지아에게 보내는 편지가 들어있는 가방에 넣었다.

아버지도 기뻐하시겠지. 그리고 가만히 미소 지었다.

15
폭격

또 몇 주가 훌쩍 지나갔다. 파르바나는 시간이 가고 있는 것을 알았지만 지나간 날의 흔적을 생각해 낼 수가 없었다. 어떤 날은 비가 왔지만 대부분은 날씨가 좋았다. 파르바나는 저녁이 되면 서늘해지는 것을 보고 여름이 가고 가을이 오고 있다는 것을 알았다.

"마지막 밀가루도 떨어졌어."

어느 날 아침, 아시프가 말했다. 아시프는 식량을 공급하는 책임을 지고 있었다.

"식용유가 한 병 남았고, 쌀이 한 자루 반 남았어."

"정말?"

파르바나가 물었다.

아시프는 파르바나를 경멸하듯이 노려보더니 등을 돌려 가 버렸다.

파르바나는 엄마가 오는지도 보고, 생각도 정리할 겸 망루로 올라갔다. 작은 언덕 꼭대기에서 불어오는 바람이 꽤 선선했다. 남은 식량으로 얼마나 견딜 수 있을지 계산해 보았다. 사과도 있지만 그리 많지는 않다.

"아무리 우리가 아낀다고 해도 겨울을 넘기진 못할 거야."

파르바나는 허공에 대고 말했다. 겨울이 다가오는 것을 대비할 시기에 파르바나는 노느라고 정신이 없었다.

릴라가 언덕을 올라와서 곁에 살포시 앉았다. 땋은 머리 한쪽이 헐거워져 있었다. 파르바나는 얘기를 나누면서 머리를 다시 땋아주었다.

"어느 엄마도 아직 안 와?"

릴라가 물었다.

"오늘도 오지 않나 봐."

"그럼, 내일 오겠지."

"먹을 게 떨어져 가고 있어."

파르바나가 말했다. 하지만 그 말을 다시 주워담고 싶었다. 어린아이를 걱정하게 하는 것은 옳지 않다. 그러나 릴라도 곧 그 사실을 알게 될 것이다.

"걱정 마. 지뢰밭이 우리를 돌봐줄 거야."

릴라가 말했다.

"나도 그런 일이 곧 일어났으면 좋겠어."

그들은 비행기 여러 대가 하늘 저 끝에서 날아오는 것을 보았다. 바로 그 순간 저 멀리서 천둥 같은 소리가 우르르 들렸다. 그들은 언덕 멀리에서 먼지가 솟아오르는 것을 보았다.

전에도 이런 비행기를 본 적이 있었고, 그리 특별한 일은 아니었다.

"어른들은 서로 죽이고 있어."

파르바나가 말했다. 그리고 방향을 돌려 혹시 엄마가 오는지 바라보았다.

"죽일 거야."

릴라가 말했다.

파르바나는 릴라를 보았다.

"비둘기를 죽일 거야. 그러고 싶진 않지만 어려운 일은 아니야. 염소나 당나귀를 죽이는 게 훨씬 더 힘들어. 언니, 어린아이를 죽일 수도 있어?"

뜬금없이 릴라가 물었다.

"어려울 거야. 그런데 어떤 사람들한테는 아주 쉬운 일이야."

"비둘기를 죽이는 것만큼 쉬워?"

"더 쉬울지도 몰라."

"우린 죽은 비둘기는 먹는데 어른들은 죽은 아이들로 뭘 해?"

릴라가 물었다.

파르바나는 그 질문에 대답하려고 애쓰지 않았다. 파르바나는 팔로 동생을 껴안고 먼 곳에서 폭탄이 터져 불길과 먼지가 아득히 번지는 모습을 지켜보았다.

며칠 동안 아이들은 하늘에서 더 많은 비행기를 보았다. 주위에서 일어나는 폭발소리는 멈출 줄 모르고 밤마다 이어졌다.

"저 소리 때문에 한숨도 못 자겠어. 저 어른들은 이곳에 있는 아이들이 잠을 자야 한다는 것도 모르는 거야?"

릴라가 불평했다.

"어쩌면 우린 다른 곳으로 가야할지도 몰라."

아시프가 말했다.

"아직 아무 일도 일어나지 않았어. 게다가 할머니는 아직 멀리 걸을 수도 없어."

파르바나가 말했다. 할머니는 마당에서 걷는 연습을 하고 있었지만 매우 느릿느릿 걸었다.

밤새 하늘에서는 천둥처럼 우르르 쾅쾅하는 소리가 진동했다. 그 소리는 아침이 되면 멈추었고, 가끔 아이들은 밤새 못 잔 잠을 자느라고 점심때까지 매트 위에 있었다.

오후가 되면 파르바나는 할머니와 릴라에게 읽는 법을 가르쳤다. 릴라는 배우려는 마음은 컸지만 내용을 잘 따라오지 못해서 공부하는 내내 침묵을 지켰다. 할머니는 릴라 옆에 앉아서 책을 들고 가만히 듣고만 있었다. 파르바나는 할머니가 얼마만큼 배워가고 있는지 알 수 없었지만, 할머니가 옆이 있는 것이 좋았다.

"난 그 멍청한 수업 필요 없어."

아시프가 말했다. 아시프는 수업을 하는 동안 하싼을 돌보았지만 파르바나는 아시프가 수업 내용을 들으려고 일부러 가까운 곳에서 하싼과 논다는 것을 알고 있다. 가끔 파르바나는 아시프가 땅 위에 지팡이 끝으로 글자를 그려보는 것을 보았다. 그러나 아시프는 항상 그 흔적을 남기지 않으려고 쓴 것을 바로 문질러 버렸다.

어느 날 오후에 파르바나는 릴라에게 돌멩이를 세는 방법을 가르치고 있었다. 하싼은 아시프 다리에 매달려 서 있었다. 아시프가 한 걸음씩 걸을 때마다 하싼은 매달린 채 깔깔 웃었다. 파르바나는 인상을 찌푸렸다. 깔깔 웃는 소리가 그들을 산만하게 했다. 하지만 그 소리에 신경 쓰지 않고 수업을 계속했다.

그때 계곡 저편에 있는 벌판에서 폭발소리가 들렸다.

"저 소리 들었어?"

릴라가 펄쩍 뛰면서 소리쳤다.

"지뢰밭이 우리를 돌봐줄 거라고 했잖아!"

릴라는 지뢰밭이 있는 계곡 아래를 향하여 힘껏 뛰어갔다.

파르바나도 뒤를 따라갔다.

"너희 둘 다 미쳤어? 돌아와!"

아시프가 뒤에서 고함을 질렀다.

파르바나는 아시프 말에 신경 쓰지 않았다. 릴라가 먼저 출발했지만 파르바나 걸음이 더 빨랐으므로 곧 릴라를 앞서 갔다. 그들은 지뢰밭을 통과해 폭발로 먼지가 소용돌이 치는 곳까지 돌진해 갔다.

"염소다! 하지만 이건 일부일 뿐이야. 나머지 염소도 아직 이곳에 있어!"

릴라가 외쳤다.

그들은 각각 죽은 염소 다리를 하나씩 잡고 지뢰밭을 가로질러 질질 끌고 나왔다. 파르바나는 거미가 거미줄로 들어온 파리를 낚아채는 것 같다는 생각을 다시 한번 했다.

아시프는 계곡 입구에서 그들을 기다렸다. 아시프는 지팡이를 흔들면서 소리치고 있었다.

"이 멍청이들아! 죽으려고 작정했어!"

"우릴 멍청이라고 부르면 저녁에 고기 한 점 못 먹을 줄 알아."

파르바나가 말했다. 그들은 화를 내는 지팡이를 바라보면서 웃었다.

그들은 누더기 옷으로 갈아입고 염소 요리를 준비했다. 아시프가 염소 껍질을 벗겨 토막을 내었다. 그들은 고기를 구워먹기로 했고 작은 뼈는 그릇에 넣어 국을 끓이기로 했다.

"자, 깨끗이 씻고 옷을 갈아입은 다음 파티를 하자."

지저분한 일을 마치고 남은 찌꺼기를 계곡 밖에 묻은 후에 파르바나가 제안했다.

릴라는 정말로 기뻐했다. 저녁시간이 점점 가까워지자 염소를 굽는 냄새가 푸른계곡에 진동했다. 아시프도 그 냄새에 정신이 혼미해질 정도였다. 아시프는 깨끗이 씻은 다음 옷을 갈아입었고, 하싼도 깨끗이 씻겨 예쁘게 옷을 입혔다.

파르바나는 할머니가 씻고 옷을 갈아입는 것을 도운 후에 자신도 씻고 릴라 엄마의 파란 샬와르 까미즈를 입었다. 파르바나 머리카락은 머리를 감아 부드러웠다. 목 주위로 머리카락을 느껴보고 싶어서 고개를 흔들어 보았다. 정말로 머리카락이 자라났다!

충동적으로 파르바나는 창틀에 릴라가 갖다 놓은 꽃병에서 야생화를 한 송이 꺼내서 귀 뒤에다 꽂았다.

"아, 파르바나 언니, 정말 예뻐! 정말로 예쁘지 않아! 아시프 오빠?"

릴라가 말했다.

아시프는 파르바나를 보고는 이상한 소리를 내었다. 파르바나는 등을 돌렸다. 아시프로 인해 파티를 망치고 싶지 않았다.

구운 염소 고기는 맛있었다. 그 고기가 상하지 않은 채로 얼마나 오래갈지 잘 몰랐기 때문에 그들은 배가 터지도록 먹었다.

하늘에는 아직 밝은 빛이 남아 있었다. 파르바나는 방에서 가방을 가져왔다. 슈아우지아에게 오늘 지뢰밭에서 얻은 고기에 대해 편지를 쓰려고 했다. 돌아와 보니 릴라와 아시프는 노래를 부르고 있었다. 파르바나는 가방을 옆에 놓고 함께 노래를 불렀다. 그들은 불이 다 타서 빨간 불씨만 남을 때까지 노래했다.

어둠이 내리고 다시 폭발이 시작되었을 때에도 그들은 노래하고 있었다.

천둥소리는 다른 때보다 더 컸다. 파르바나는 땅이 흔들리는 것을 느낄 수 있었다. 파르바나는 릴라를 팔로 감쌌고, 아시프는 하싼을 무릎에 앉혔다.

파르바나의 심장이 두려움으로 심하게 뛰고 있었지만 아이들은 계속해서 노래를 했다. 폭발소리가 더 크게 들리면 들릴수록 아이들은 더 크게 노래했다. 파르바나는 너무 두려워서 무엇을 해야 할지 알 수 없었다.

바로 그때 폭탄 하나가 푸른계곡 바로 옆으로 떨어졌다. 땅이 심하게 흔들렸다. 그들은 손으로 귀를 가렸지만 폭발소리는 똑똑히 들려왔다. 하싼은 소리를 지르며 울었다.

파르바나와 아시프는 동생들을 개간지 끝에 있는 둥근 돌 옆으로 데려갔다.

"할머니! 이리로 오세요!"

릴라가 소리쳤다.

그러나 할머니는 그 자리에서 머리를 감싸고 몸을 공처럼 웅크리고 있었다.

릴라는 다시 할머니한테로 가려고 했지만 파르바나가 막았다. 파르바나는 릴라를 한 손으로 잡고 있었고, 다른 한 손으로는 하싼을 보호하고 있는 아시프를 잡았다.

파르바나는 땅이 크게 흔들릴수록 더 꽉 손에 힘을 주었다. 릴라가 할머니한테 가겠다고 몸부림치며 소리 질러도 파르바나는 릴라를 꽉 붙잡고 놓아주지 않았다. 푸른계곡 위로 곧장 폭탄이 떨어졌을 때에도 파르바나는 잡은 손을 놓지 않았다.

먼지와 돌, 그리고 파편이 아이들 주위로 쏟아졌다. 파르바나는 소리 지르는 사람이 누구인지조차 알 수가 없었다. 아마도 자신이었을 것이다.

폭탄이 계속해서 떨어지는 그 밤 내내 그들은 서로 달라붙어 있었다.

동이 트면서 조용해졌다. 마당에 커다란 구멍이 났다. 할머니가 사라졌다. 집도 사라졌다. 푸른계곡도 사라졌다.

16
다시, 걸거리로

슈아우지아에게

우린 다시 길로 돌아왔어.

이렇게 다시 떠나는 일이 없을 줄 알았어.

아마도 푸른계곡은 꿈이었나 봐. 이제 그만 꿈꾸었으면 좋겠어.

내 꿈은 무엇이든지 다 쓰레기로 변하거든.

다시 예전만큼 힘이 들어. 아니 지금이 더 힘든 것 같아.

몇 달간 매트리스에서 자다 맨땅에 자려니 잠을 잘 수가 없어.

또 몇 달 동안 잘 먹다가 배고픈 것을 참는 것도 힘이 들고, 집에

있다가 다시 돌아다니는 것도 힘들어.

너는 어딘가에서 멋지게 살고 있길 바라.

넌 나를 대신해서 멋진 삶을 살아야 해.

릴라는 푸른계곡을 떠나기를 원치 않았어.

그렇게 되면 엄마가 돌아와도 찾지 못할 거라 계속해서 말했어.

그래서 내가 메모를 남겨 놓았다고 했어.

릴라가 글을 제대로 읽을 수 없는 게 그나마 다행이야.

목적지를 써놓아야 했는데 난 어디로 가야 할지 모르거든.

하싼은 울고 또 울고, 또 울었어. 처음엔 그 애가 안됐다고 생각했

는데 지금은 그 울음소리가 지겨울 뿐이야.

  파르바나가 쓴 편지 내용을 알기라도 하듯이 하싼은 곁에서
더 큰 소리로 울부짖었다.

  파르바나는 노트를 집어던졌다.

  "시끄러워! 하싼. 우리도 널 돕고 싶지만 그럴 수가 없어. 그
만 좀 울어!"

  파르바나가 소리쳤다.

  "하싼은 네 말을 이해 못 해. 배불리 먹는 것에 익숙해져서
먹을 것을 주지 않는 우리에게 화나 있는 거라고."

  아시프가 무릎 위에 아기를 앉히면서 말했다.

  파르바나는 무슨 일이든지 아시프가 자기보다 더 잘하는 게
싫었다. 노트를 주워서 가방 안으로 집어넣었다. 그때야 릴라
도 울고 있다는 것을 알아챘다.

"읽는 연습할래? 아버지는 쉬고 있을 때에도 항상 나에게 뭔가 가르쳐 주셨어."

파르바나가 부드럽게 물었다.

릴라는 머리를 흔들면서 뺨을 타고 흐르는 눈물을 닦았다.

"할머니에게로 갔어야 했는데, 날 가게 내버려뒀어야 했는데."

파르바나는 릴라를 안아주려고 했지만 그녀는 거부했다. 릴라는 하싼처럼 큰 소리를 내지 않고 조용히 울고 있었다. 그러나 파르바나는 그 소리마저 지겨웠다. 파르바나는 좀 떨어져서 걷다가 그들에게 등을 지고 앉았다. 무엇을 어떻게 해야 할지 알 지 못했다.

멀리서 탱크 한 줄이 지나가는 모습이 보였고 하늘에선 비행기 두 대가 날아갔다. 그러나 폭탄이 떨어지는 것을 보지는 못했다. 파르바나는 그런 일에도 아무런 관심을 두지 않았다. 탱크는 일상이다. 폭격도 일상이다. 그런데 왜 먹는 일은 언제나 일상이 아닌 절박한 문제일까?

집을 잃은 후 그들은 가능한 할 수 있는 일은 모두 했다. 어딘가를 지나는데 땅 위에 쌀이 조금 떨어져 있었다. 그들은 진흙 속에서 낟알을 하나하나 주웠다. 그러나 밥을 할 물도 충분하지 않았고, 그릇도 없었다. 그래서 아이들은 쌀을 날것으로 먹어야 했다.

그들은 주운 쌀과 물로 며칠을 견뎠지만 그것도 이미 이틀 전에 다 바닥났다. 하싼은 생쌀을 먹을 수 없었기 때문에 더 오랫동안 아무것도 먹지 못했다.

그들의 유일한 담요는 아시프가 폭격이 일어났을 때 어깨에 걸치고 있던 숄 뿐이다. 그것과 파르바나의 가방, 이것이 그들이 가진 물건 전부였다. 하싼은 갈아입을 옷이 없었고 이미 몸에서 고약한 냄새가 났다.

파르바나는 하싼을 거의 안고 다녔다. 하싼은 기어다니고 싶어 했다. 그래서 파르바나가 안아주면 자주 발로 차고 야단법석을 떨었다. 하싼에게서 악취가 나니까 파르바나에게도 냄새가 났다. 파르바나의 아름다운 옷은 악취로 엉망진창이 되었다.

"우린 전보다 상황이 더 나빠."

파르바나가 허공에 대고 말했다. 머리끝에서 발끝까지 파르바나는 여자 옷을 입고 있었다. 지금 그녀는 어떤 행동을 하더라도 여자로 행동해야만 했다. 탈레반 법에 따라 이제 사람들 앞에 마음대로 나설 수 없는 여자였다. 파르바나는 머리조차 가리지 않았다. 파티가 있던 밤에 머리가 긴 것이 참으로 좋아서 차도르를 하지 않았다.

"야, 넌 바보처럼 거기 앉아 있기만 할 거냐?"

아시프가 소리를 버럭 질렀다. 아시프는 자기 목소리를 들리게 하려고 하싼의 울음소리보다 더 크게 소리쳐야만 했다.

파르바나는 그들에게 등을 돌리고 좀더 앉아 있다가 일어섰다. 파르바나는 하싼을 안고, 아시프를 부축해 준 다음, 릴라에게로 다가갔다.

"자, 가자."

파르바나가 부드럽게 말했다.

아이들은 다시 걷기 시작했다. 그것 외엔 할 일이 없었다.

한낮이 되었을 때 아시프가 큰 소리로 외쳤다.

"개울이야!"

파르바나는 아시프가 가리키는 곳을 보았다. 아시프 말이 맞았다. 그리 크지 않은 개울이었다. 하지만 적어도 그들은 그곳에서 씻을 수 있었다.

"우선 물부터 끓이자."

파르바나가 말했지만 아시프와 릴라는 이미 입으로 물을 가져가고 있었다. 파르바나는 자신이 바보가 되어가고 있다고 생각했다. 물을 끓일 방법이 없었다. 끓이지 않은 물을 먹고 아프면 어쩔 수 없었다. 그것이 목말라 죽는 것보다는 나았다.

파르바나는 손으로 컵 모양을 만들어 물을 마셨다. 물은 더러웠지만 상관없었다. 물을 떠서 하싼에게도 주었다.

그런 다음 아기 옷을 벗기기 시작했다.

"뭐하는 거야?"

아시프가 물었다.

"씻기려고 그래. 옷도 빨고. 넌 잘 못 느끼겠지만 하싼에게서 냄새가 나."

"너한테도 나."

파르바나는 아시프가 걸친 담요를 잡아챘다.

"아기나 따뜻하게 해줘."

순간 하싼이 담요를 적셨으면 좋겠다는 생각을 했다. 아시프는 당해도 쌌기 때문이다. 그러나 곧 마음을 바꾸었다. 생각해 보니 밤이 되면 그들은 그 담요를 함께 덮고 잠을 자야 했다.

그들은 그날 하루를 개울가에 앉아서 배가 고프면 물을 마시면서 보냈다.

"하싼 옷이 마르지 않아. 젖은 옷을 입힐 수는 없잖아. 감기 걸릴 텐데. 내일까지 기다렸다가 빨았어야 했나 봐."

릴라가 밤이 깊어지자 말했다.

아시프가 옷을 벗어 아기를 감싸주었다. 파르바나는 아시프가 밤새도록 떠는 것을 느낄 수 있었다.

그 다음 날 아침은 꽤 쌀쌀했다. 하싼은 아시프 셔츠를 엉망으로 만들어 놓았기 때문에 파르바나는 그것도 빨아야 했다. 아시프는 어깨에 담요를 두르고 셔츠가 마르기를 기다렸지만 날씨가 너무 추워서 마르는데 오랜 시간이 걸렸다. 결국 젖은 옷을 입을 수밖에 없었다.

"지금 여기가 어딘지도 모르지, 그렇지?"

젖은 옷이 피부에 닿아 부들부들 떨면서도 아시프는 빈정거렸다.

"그래, 몰라."

파르바나는 너무 지쳐서 그들을 안심시킬만한 말을 생각해 내지 못했다.

"우리가 어디로 가는 줄은 알아?"

"먹을 거 찾으러 가는 거야. 너도 내가 아는 것만큼은 알잖아. 내가 마음에 들지 않으면 네가 가고 싶은 데로 가."

파르바나가 대답했다.

"내가 그러지 못할 거로 생각하지 마."

아시프가 으르렁거렸다.

"가방에 먹을 거 있어?"

릴라가 물었다.

"아니, 없어."

"그래도 한 번 찾아봐. 어쩌면 언니가 잊어버린 것이 나올지도 모르잖아."

릴라가 제안했다.

"난 먹을 것을 잊어버리지는 않아. 가방에는 아무것도 없어."

"그럼, 왜 안 찾아보는 거야? 찾아보지 않는 건 뭔가를 숨겨놓아서 그런 것 아니야? 어쩌면 넌 가방에 온갖 종류의 먹을 것을 숨겨놓고, 우리가 잘 때 몰래 혼자서 먹었을지도 몰라."

아시프가 말했다.

파르바나는 깊고 힘겨운 숨을 내쉬고는 가방 안에 있는 물건들을 바닥 위로 쏟아놓았다.

"성냥, 내 친구에게 쓴 편지 노트, 펜, 우리 엄마 잡지, 책."

파르바나는 물건 이름을 부르면서 각각의 항목을 손으로 만졌다.

"저 책은 뭐야?"

릴라가 물었다.

파르바나는 작은 책을 집어들었다.

"이건 영어책이야."

파르바나는 글자를 가리키면서 말했다.

"영어도 할 줄 알아? 어떻게 말하는 건지 해봐."

릴라가 흥분해서 말했다.

파르바나는 영어를 잘하지 못했다. 그래서 집중해야 했다. 파르바나의 뇌는 배가 고팠기 때문에 아주 느리게 회전하고 있었다. 파르바나는 아버지가 가르쳐준 대로 단어를 소리 내어 읽었고, 그것을 해석해 주었다.

"흉내지빠귀를 죽이기 위해서."

파르바나는 천천히 읽었다.

"흉내지빠귀가 뭐야?"

아시프가 물었다.

파르바나도 알지 못했다.

"그건······ 닭 같은 거야. 이 책은 닭을 죽이는 이야기야."

파르바나가 말했다.

"말도 안 돼. 왜 사람이 닭을 죽이는 것에 대해서 책 전체에 썼겠어?"

아시프가 말했다.

"비둘기를 죽이는 방법에도 여러 가지가 있어. 닭을 죽이는 방법도 여러 가지가 있을 거야. 우리에게 닭을 죽이는 가장 좋은 방법을 알려주는 책인가 봐. 아니면 일단 죽인 닭으로 무엇을 해야 하는지에 관한 내용일지도 몰라. 모두 알다시피 요리를 하는 데도 방법이 다 다르잖아."

릴라가 말했다.

"난 불에다 끓인 음식이 제일 좋아. 우리가 닭을 훔쳤을 때를 기억해 봐? 아주 맛있었잖아."

아시프가 말했다.

"우리 엄마도 닭으로 스튜를 만들어 줬어. 우리가 방이 많은 집에서 살던 시절 내 생일에 말이야. 파티도 했었어. 노리아도 몹시 즐거워했어."

파르바나가 말했다. 희망이라기보다는 습관적으로, 파르바나는 엄마가 오는지 보려고 재빨리 주위를 둘러보았다.

"이 책을 닭처럼 먹을 수 있다고 생각해?"

릴라가 물었다.

"아니, 그렇지 않아."

파르바나가 말했다.

"먹을 수도 있어. 쟤는 저 책을 오랫동안 갖고 있었어. 그건 그런 뜻일 거야."

아시프가 말했다.

"아니야, 그렇지 않을 거야. 만약 저 책이 먹을 수 있는 거라면 우리에게 나눠줬을 거야."

릴라가 주장했다. 이 말은 폭격이 있은 이후로 릴라가 파르바나에 관해 말한 가장 좋은 이야기였다.

"쟤는 늙은 염소보다도 더 비열한 애야."

아시프가 주장했다.

"뭐? 그래 여기 있어. 네 눈으로 직접 봐!"

파르바나는 흥내지빠귀 책을 몇 장 찢어서 그들에게 던졌다.

"도대체 왜 그래?"

릴라가 말했다.

"언니도 배가 고픈가 봐."

파르바나는 자신과 하싼을 위해 한 장을 더 찢었다. 그러나 하싼은 다시 축 늘어진 아기가 되어 있었고, 아무것에도 관심이 없었다.

"뭘 기다리고 있어?"

파르바나가 물으면서 이로 종이를 물어뜯어 잘게 씹었다. 두 아이도 따라했다.

　물론 책은 닭과 같은 맛이 나지 않을 뿐만 아니라 아무런 맛도 나지 않았다. 그러나 아이들은 뭔가를 씹을 수는 있었다. 그래서 그들은 종이 한 장을 다 씹고 나면 또 한 장을 찢어서 입에 넣었다.

　"여기서 어디로 가야 하지?"

　아시프가 물었다.

　"너희가 결정해. 난 이제 대장 노릇 안 할거야."

　파르바나가 바닥에 주저앉아 기지개를 켜면서 말했다.

　"어디로 가든 상관없다면 이 개울을 따라가면 어떨까? 이 길로 가면 최소한 우린 마실 물은 있는 거잖아."

　릴라가 제안했다.

　파르바나가 앉아서 감탄하며 릴라를 쳐다보았다.

　"최소한 우리 중 한 사람은 생각할 줄 아는구나."

　파르바나가 말했다.

　"나도 막 그 제안을 하려고 했어."

　아시프가 말했다.

　아이들은 개울 위아래를 훑어보았다.

　"이 길로 쭉 가면 나무가 있어. 어쩌면 먹을 것을 찾게 될지도 몰라."

　아시프가 말했다.

계획이 있다는 것은, 그것이 아주 작은 계획이라 해도 매우 좋은 일이다. 아이들은 다시 목표를 향해 걸어갔다.

17
죽음의 장소

폭격은 밤마다 계속되었다. 어떨 때는 아주 멀리서, 어떨 때는 아주 가까운 곳에서. 어두워지면 시커먼 하늘에서 천둥소리가 들렸다.

"폭탄은 누구를 죽여?"

어느 날 밤에 릴라가 물었다. 네 명의 아이들은 담요 밑에 뒤죽박죽 엉켜 있었다. 어린 두 동생은 좀 더 따뜻한 중앙에 있었다. 파르바나는 등에 돌이 배겼지만 움직일 수가 없었다. 자신이 움직이면 네 명이 모두 이동해야 했다.

"언니, 폭탄은 누굴 죽여?"

릴라가 다시 물었다.

"나도 몰라. 내 생각인데 폭탄은 우리를 좋아해."

파르바나가 속삭였다.

"왜 폭탄은 사람들을 죽이고 싶어해?"

"폭탄은 단지 기계일 뿐이야. 폭탄도 누구를 죽이는지 몰라."

파르바나가 말했다.

"그럼, 누가 알아?"

파르바나도 잘 알지는 못했다.

"비행기에서 폭탄이 떨어지니까 누군가 그곳에 폭탄을 가져다 놓았겠지. 하지만 누가 그랬는지 잘 모르겠어. 또 오늘 밤에도 많은 사람이 죽겠지. 왜 서로 죽이려고 하는지도 모르겠어."

"그럼, 왜 할머니를 죽였을까? 할머니는 비행기에 폭탄을 놓은 사람이 누구인지 모르는데 어떻게 그 사람들은 할머니를 알고 죽였을까?"

"나도 몰라."

파르바나가 말했다.

파르바나는 담요 속에서 릴라의 손을 잡았다.

"우린 자매야, 그렇지?"

"그럼, 우린 자매지간이야."

"난 네 언니니까 너를 보호하는 게 내 임무야. 그것이 너를 그날 밤 할머니에게 가지 못하게 한 이유야. 무슨 말인지 알겠어?"

"응, 알았어. 언니는 임무를 수행한 거로구나. 그땐 언니한테 화가 났었는데 지금은 아니야."

릴라가 말했다.

"아버지가 돌아가셨을 때 아버지가 살아있을 시절을 떠올리는 일이 도움되었어. 할머니에 대해 네가 기억하는 것을 얘기해 볼래?"

릴라는 잠시 생각한 후에 말했다.

"할머니는 자주 노래를 부르셨어. 내게 새에 관한 노래를 가르쳐 줬어. 한 번 들어볼래?"

릴라는 노래를 불렀다.

"내가 이렇게 할머니를 생각하니까 할머니가 여기 있는 것 같아. 할머니는 지금 행복할까? 지금 뭐하고 계실까?"

릴라가 말했다.

"사람은 죽으면 살았을 때 그들이 원했던 일을 한다고 해. 할머니는 책을 읽고 싶어 했으니까 아마 따뜻한 태양 아래에 앉아서 책을 읽으며 웃고 계실걸."

"내 주위는 예쁜 것들로 둘러싸였으면 좋겠다."

릴라가 말했다.

"정말 예뻐."

파르바나가 말했다.

"언니도. 우린 둘 다 예뻐."

릴라가 낄낄 웃었다.

"야, 너희 그만 좀 떠들어라."

아시프가 그들에게 등을 돌리며 담요를 확 잡아당겼다.

파르바나는 아시프가 다시 기침을 하는 모습을 보고 담요를 잡아당기지 않았다. 파르바나는 춥고 어두운 밤을 견디려고 릴라와 꼭 붙어서 잤다.

개울이 점점 더 좁아졌기 때문에 아이들은 개울에 거의 붙어서 다녔다. 아이들은 개울물을 먹고 배가 아팠지만 어쩔 수 없이 그 물을 계속 마셔야 했다. 그들은 잎사귀와 풀을 먹었으며 가끔 책도 찢어 먹었다.

하싼은 더는 울지 않았다. 이제는 겨우 칭얼거리기만 했고, 입에다 넣어주는 잎사귀는 먹지 않았다. 그래도 잎사귀를 줄 때 머리를 옆으로 돌리거나 바로 뱉어내지는 않았다. 하싼은 입안에 잎사귀를 오래 넣어 두고 있을 수 없었기 때문에 곧 뱉어버렸다.

개울가 땅은 돌이 많아 걷기가 어려웠다. 그래서 천천히 걸어야 했고 그 덕분에 아시프는 넘어지지 않았다. 가끔 멀리서 사람들을 보기도 했지만 그들에게 뛰어가 도움을 청할 만한 기운도 없었다. 게다가 그들의 목소리는 그렇게 멀리까지 가지도 않았다.

그들은 나흘 내내 걸었다. 그때 갑자기 릴라가 앞에서 뭔가를 발견했다.

"저것 봐."

파르바나는 아시프가 지팡이를 짚을만한 평평한 곳을 찾느라고 땅을 내려다보고 있었다. 파르바나는 고개를 들었다. 멀지 않은 곳에 마차를 탄 사람들이 있었다. 군인들 같지는 않았다.

"우리를 태워줄지도 몰라."

파르바나가 말했다.

"내가 먼저 뛰어가서 알아볼게."

릴라가 말했다.

한 남자가 부르카를 입은 여자와 아이들을 태운 수레를 끌고 있었다.

두 사람은 릴라를 따라잡았다. 릴라는 그들을 보면서 머리를 가로저었다. 그때 망가진 수레바퀴가 기우뚱하였다.

"우린 너희를 도울 수 없어. 우리 자신도 도울 수 없단다."

남자가 말했다.

"그럼, 아기에게 먹일 거라도 좀 주세요."

파르바나는 그들에게 하싼의 꼴이 얼마나 엉망인지를 보여주면서 말했다.

수레에 탄 여자가 안고 있는 아기는 아무것도 덮고 있지 않았다. 그 아기도 하싼처럼 엉망이었다. 그때 파르바나는 나머지 아이들에게 한 때 릴라에게 있었던 것과 같은 염증이 있는 것을 보았다.

"우리 애도 곧 죽게 될 거야. 너희 애도 마찬가지구나."

남자가 말했다.

"아니요, 그렇지 않아요."

아시프가 말했다.

남자는 아시프가 한 말을 무시한 채 계속해서 말했다.

"난 농부였지만 땅에 폭탄이 떨어졌어. 비도 거의 오지 않았고, 폭탄으로 폐허가 된 땅을 회복할 수가 없었어. 예전에 이 개울은 강이었어. 어렸을 때에 난 이곳에서 고기를 잡았어. 물은 맑고 무척 깨끗했는데 지금은 돌밖에 없어. 돌을 마실 수 있니? 돌을 먹을 수 있겠냐고?"

남자는 화를 내다 지쳐서 부서진 수레바퀴를 가볍게 잡았다.

"우리가 어디로 가고 있나요?"

파르바나가 물었다.

"이 방향으로 가면 난민촌이 있다고 들었어."

남자가 강 건너 쪽을 가리켰다.

"정확히 어디인지는 몰라. 저쪽으로 가봐. 그럼 다른 사람들을 만나게 될 거야. 사람들이 폭격을 피해서 떠나고 있어."

파르바나는 손을 뻗어 부르카 속에 있는 여자의 손을 잡았다. 여자도 파르바나의 손을 꼭 잡았다. 그리고 아이들은 가던 길을 계속해서 갔다.

"이것은 강둑일 거야. 물길이 끊어진 곳으로 토양이 통과하는 것을 봐."

바위투성이 길의 끝에 다다르자 파르바나가 말했다.

강둑은 가팔랐다. 아시프는 앉아서 몸을 밀면서 올라갔고, 릴라가 지팡이를 들고 갔다. 아시프는 천천히 올라갔지만 힘에 겨워 기침을 많이 했다. 그들은 조금 쉰 다음에 길을 떠났다.

"연기 냄새가 나는 것 같아. 앞서 가는 사람들이 저녁을 하나 봐. 어쩌면 음식이 많아서 우리에게 나눠줄지도 몰라."

그날 오후 늦게 릴라가 말했다.

"근처에 있는 그 누구도 음식을 풍부하게 갖고 있는 사람은 없어."

파르바나가 말했다. 파르바나도 연기 냄새를 맡을 수 있었다.

"그래도 가 보는 게 좋겠어."

그들은 냄새가 나는 쪽으로 향했다. 작은 언덕 밑에서 그것의 정체를 찾았다.

아이들은 언덕 위에 서서 까맣게 그을린 나무숲을 내려다보았다. 아직도 타고 있는 나무가 있었다.

"이게 뭐야?"

릴라가 물었다.

"과수원이야. 나무들이 일렬로 줄지어 서 있는 것 좀 봐! 이곳은 과일이 자라는 곳이야."

아시프가 말했다.

그런데 지금은 나무에 아무것도 열려 있지 않았다.

"삼촌이 과수원을 했어. 대부분 복숭아를 재배했고, 딸기도 있었어. 내가 딸기를 훔쳤다고 마구 야단을 쳤어. 배고파서 먹을 것을 좀 가져가는 게 훔치는 거니? 난 일했어, 삼촌을 위해 일했어. 그런데 삼촌은 내게 먹을 것도 제대로 주지 않았어."

아시프가 말했다.

"그게 채찍으로 맞은 이유니?"

파르바나가 물었다. 아시프는 이제 다 말하고 싶었고, 파르바나도 듣고 싶었다.

"삼촌은 왜 나를 채찍으로 때리는지 말해주지 않았어. 그럴 만한 이유가 있다고 생각하지는 않아. 한 번은 딸기를 먹다가 삼촌한테 들켰는데, 나를 헛간에 가두고는 탈레반에게 내 손을 자르게 하겠다고 했어."

"그런데 어떻게 도망쳤어?"

"지팡이는 문을 부수는 데 제격이야."

아시프가 말했다. 그들은 언덕으로 내려가 불에 탄 과수원으로 들어갔다. 그들은 곧 폭탄 분화구를 건너갔다.

파르바나는 과수원 안이 마음에 들지 않았다. 검은 나무줄기 사이에서 움직이는 것을 보았는데, 그게 무엇일지 계속 생각했다. 주위에 있는 나무가 무슨 종류인지 궁금했다. 복숭아나무?

자두나무? 체리나무?

노래하는 새도 없었다. 이곳이 이렇게 조용한 이유는 바로 그것이었다.

"릴라, 할머니가 너에게 가르쳐준 새 노래를 우리에게 가르 쳐줘."

"노래하고 싶지 않아."

"나도 그래. 하지만 무서움을 없애주는 데 도움이 될 거야."

릴라는 그들에게 노래를 가르쳤다. 그들은 과수원을 통과할 때까지 노래를 불렀다.

이곳은 죽음의 장소야.

파르바나는 그곳을 벗어나게 된 것이 기뻤다.

18

피난행렬

 슈아우지아에게

부서진 수레를 몰고 가던 남자 말이 맞았어. 우리는 많은 사람을
만났어. 그들도 우리처럼 떠돌아다니고 있었어. 보는 사람마다
구걸을 했어. 심지어 구걸하는 우리에게조차도 구걸했어.

사람들은 대부분 아무것도 가진 것이 없었어. 가진 것이 있는 사
람은 우리에게 먹을 것을 조금씩 나눠줬어. 가끔은 한 입밖에 되
지 않았지만 그래도 우리가 살아남는 데 큰 도움이 돼.

사람들은 우리에게 하쌴을 의사에게 데려가야 한다고 말했지만
우린 의사가 어디에 있는지 알지 못하고 돈도 없어.

수레를 끄는 남자가 강을 벗어났는지 궁금해. 그 사람 아기가 살

수 있을지 궁금해. 또 우리가 살아날 수 있는지도 궁금해.

아이들은 사람들이 가는 방향으로 따라가고 있었다. 이따금 군사들로 가득 찬 트럭이 그들을 지나갔다. 한 번은 짧게 일렬로 늘어선 탱크가 우르르 소리를 내며 지나가는 바람에 사람들은 모두 그 길을 피해야만 했다.

파르바나는 아버지가 돌아가신 마을에서 아이들이 탱크 위에서 놀던 일을 생각했다. 파르바나는 언젠가 다른 아이들이 지금 지나간 탱크 위에서 놀게 될지 궁금해졌다.

나중에 그들은 탱크가 지나가는 어떤 사람을 쏘았다는 얘기를 들었다.

비행기는 밤뿐만이 아니라 낮에도 폭격했다. 몇몇 폭탄은 터질 때 소리가 너무 커서 아이들이 놀라 바닥에 넘어지기도 했다. 아시프는 넘어지다가 돌에 부딪쳐서 얼굴을 다쳤다. 이마에서 피가 많이 흘러내렸다. 붕대가 없었기 때문에 담요로 상처를 닦아낼 수밖에 없었다.

길옆 여기저기서 사람들이 뒤엉켰다. 또 폭격이 시작되었다.

"엎드려! 피해!"

사람들은 소리쳤다.

파르바나는 아기와 길옆으로 도망쳤다. 아시프는 뒤를 바짝 쫓아왔다. 파르바나는 허공에 떠다니는 먼지와 진흙, 돌멩이

속으로 머리를 파묻었다. 그때 릴라가 없어졌다는 사실을 깨달았다.

파르바나는 떨어진 파편 사이를 살펴보다가 릴라가 길가에 그대로 서 있는 것을 보았다. 소녀는 손을 나팔 모양으로 만들어 입에다 갖다 대고는 하늘을 향해 무언가를 소리치고 있었다.

파르바나는 아시프에게 정신없이 하싼을 넘겨주고는 길가로 달려갔다. 가까이 다가가자 릴라가 소리치는 말이 들렸다.

"그만 해! 이제 그만 해!"

릴라는 비행기를 향해 소리치고 있었다. 그러나 비행기는 릴라 말에는 아랑곳하지 않고 계속해서 폭탄을 떨어뜨렸다.

파르바나는 갑자기 어디서 그런 힘이 났는지 릴라를 데리고 길옆으로 내쳐 달린 다음, 릴라 위에 몸을 덮쳐서 그녀가 밖으로 뛰쳐나가지 못하게 하였다. 파르바나의 남은 한 손이 아시프의 손에 닿았다. 그들은 비행기가 폭격을 마칠 때까지 그렇게 있었다.

폭격이 멈추자 조용해졌지만 사랑하는 사람들을 잃어버린 이들의 울음소리와 다친 사람들의 비명이 여기저기서 들려왔다. 아이들은 일어나 다시 걷기 시작했다. 그들은 아무도 도울 수가 없었고, 아무도 그들을 도와줄 수 없었다.

파르바나는 한 남자가 죽은 아이의 요람을 흔드는 모습을 보았다. 옆에는 부르카를 입은 여자가 심하게 다친 채로 뒤집혀

있었다. 아이들은 아무런 반응이 없는 여자를 이리저리 흔들어
대고 있었다.

그들은 엉망진창이 된 그곳을 걸어가야만 했다. 그곳에는 사
람들의 시체와 죽은 동물들, 부서진 마차, 신발, 그릇, 푸른색
물병, 망가진 삽과 같은 물건들이 여기저기 흩어져 있었다. 연
기와 휘발유 냄새가 났고, 고통으로 몸부림치며 울부짖는 소리
가 들려왔다.

"우리가 모두 죽을 거라 생각하니?"

아시프가 물었다.

파르바나는 그 말에 대답하기 싫었다. 그래서 그냥 모른 채
걷기만 했다.

아이들은 그날 내내 걸었다. 그들은 되돌아갈 곳이 없었기
때문에 하염없이 걸어가는 긴 행렬에 낀 네 명에 불과했다.

"내가 나처럼 느껴지지 않아. 내 일부는 없어졌어. 난 행렬
일부일 뿐이야. 남아있는 나는 없어. 난 아무것도 아니야."

파르바나는 혼잣말로 중얼거렸다.

"너는 없어지지 않아."

아시프가 말했다.

파르바나는 걸음을 멈추고 아시프를 바라보았다.

"넌 없어지지 않아."

아시프는 다시 한 번 말하고는 이를 드러내며 히죽 웃었다.

"넌 멍청이긴 하지만 없어진 건 아니야."

아시프가 미처 파르바나를 가로막기도 전에 파르바나는 그의 연약한 몸을 꽉 껴안았다. 더욱 놀랍게도 아시프도 파르바나를 꼭 끌어안았다. 잠시 후 아시프는 파르바나를 밀쳐냈다.

그들은 계속해서 걸었다.

하늘은 점점 검게 변했고, 산과 언덕은 불구덩이가 되었으며 폭탄에서 나오는 연기 기둥이 그들에게 몰려왔다. 파르바나의 눈이 허공에 낀 검은 연기에 쓰리고 아팠다. 그녀의 목도 이미 갈증으로 바짝 말라 있어서 침을 삼키려하자 타는 듯이 화끈거렸다. 그들이 작은 산등성이에 이르러 밑을 내려다보았을 때는 어느덧 밤이 다 되었다.

그들이 내려다볼 수 있는 아주 먼 곳까지 텐트촌이 끝없이 펼쳐져 있었다.

파르바나는 자신이 무엇을 보는지 알고 있었다. 작년 겨울에 아버지와 함께 그곳과 거의 비슷한 장소에서 지냈다.

그곳은 난민들을 위한 캠프였다. 피난민들의 보호 장소이다. 지치고 배고픈 네 명의 아이들은 얼마간 그곳에서 지냈다.

19
난민캠프

"하루에도 수백 명의 사람이 홍수처럼, 물밀듯이 이곳 난민촌으로 오고 있어."

병원 간호사가 하싼을 떠맡으면서 파르바나 일행에게 말했다.

"상황이 너무 안 좋아. 누군가가 구호물품 창고에 폭탄을 떨어뜨렸어. 그래서 텐트도 담요도 식량도, 그리고 의약품도 모두 연기가 되어 날아가 버렸어."

"하싼은 괜찮을까요?"

아시프가 물었다. 간호사는 재빠르게 하싼의 옷을 벗겨서 씻기고 기저귀를 채운 다음 움직임을 관찰했다.

"심각한 영양실조와 탈수증이야."

간호사는 말하면서 하싼의 가느다란 팔에 주사를 꽂고 그 위에 반창고를 붙였다.

"그게 무슨 뜻이에요?"

아시프가 물었다.

"저 애가 너무 배가 고프고 목이 마르다는 뜻이야."

간호사가 말했다.

"나도 그건 잘 알아요. 제 말은 하싼이 좋아질 수 있는지를 묻는 거라고요."

아시프는 거의 소리를 질렀다.

"온 정성을 다해볼게."

간호사가 말했다. 그런 다음 간호사는 다른 환자를 돌보려고 돌아섰다.

"그건 대답이 아니잖아요."

아시프는 지팡이를 뻗어 간호사가 가는 길을 막았다. 파르바나는 처음으로 아시프의 무례함이 고마웠다.

간호사는 가려다가 멈추고 뒤돌아보았다.

"아기는 매우 안 좋은 상태야. 나도 아기가 나을지 그렇지 않을지는 잘 모르겠어. 하지만 나을 가능성도 있어. 그러니 희망을 잃지 마. 자, 미안하지만 너희는 여기 있으면 안 돼."

아시프는 하싼의 침대 옆 바닥에 앉아 있었고, 파르바나와 릴라도 아시프 옆에 앉아 있었다.

"다른 가족은 어디 있니?"

간호사가 물었다.

"우리가 다예요."

파르바나가 말했다.

간호사가 고개를 끄덕였다.

"조용히 있어야 해."

간호사가 부드럽게 말했다.

병원은 커다란 텐트였다. 그들은 안으로 들어가려고 몇 시간 동안 줄 서서 기다려야 했다. 병원 바닥에 앉아 있었기에 파르바나는 밖에서 무슨 일이 일어나는지 잘 볼 수 없었지만, 신음과 우는 소리는 들을 수 있었다. 그리고 텐트 밑으로 새어 들어오는 난민촌의 이런저런 소리도 들렸다.

아시프와 릴라는 하쌘의 침대 밑바닥에서 팔다리를 뻗고 잠이 들었지만 파르바나는 앉아 있는 것으로도 만족했다. 파르바나는 앞으로도 평생 이렇게 앉아 있을 수 있을 것 같았다.

잠시 후에 간호사가 돌아왔다.

"네가 쓸 담요를 갖고 왔어. 다른 사람한테 여기서 구했다고 말하지 마. 골고루 나눠 줄 만큼 충분치가 않아. 그리고 폭동이 일어나는 걸 원치 않거든."

또 간호사는 파르바나에게 빵과 차를 주었다.

"너희는 여기에 계속해서 있을 수는 없어. 하지만 지금 당장은 괜찮아."

간호사가 말했다.

지금 당장이라는 말이 파르바나에게는 다행스럽게 들렸다.

"간호사 언니는 아프간 사람이 아니죠?"

파르바나는 외국 억양이 섞인 다리어를 쓰고 있는 간호사에게 말했다.

"난 프랑스 사람이야. 프랑스 구조단체와 함께 왔어."

"그럼, 보라색 꽃들이 피어있는 들판을 아세요? 내 친구 슈아우지아가 그곳으로 간다고 했어요. 정말로 그런 곳이 있나요?"

파르바나는 무척 흥분해서 간호사의 팔을 잡고 물었다.

"그럼, 보았지. 그 꽃 이름은 라벤더야. 그 꽃으로 향수도 만들어. 네 친구는 아주 아름다운 장소를 선택했구나. 자, 차야! 따뜻할 때 마셔. 네 동생도 깨워서 따뜻할 때 마시게 해. 잠은 나중에 자도 되니까."

파르바나는 자는 동생들을 깨웠다. 그들은 차를 마시고 다시 잠이 들었다.

파르바나는 그 밤 내내 잠이 들었다 깼다를 반복했다. 그녀는 정신이 아득해졌고, 그때 멀리서 폭탄이 터졌다. 파르바나는 꿈을 꾸었다. 꿈속에서 그들은 걷고 또 걷고 또 걸었다. 그리고 다시 깨어났다. 수시로 일어나서 그녀는 하싼을 살펴보았다. 침대에 주사를 꽂고 누워 있는 하싼은 아주 작아 보였다.

가끔 파르바나가 일어나 보면 이미 아시프가 일어나서 아기를 지켜보고 있었다.

이틀이 지나자 병원은 너무 혼잡해졌고 간호사는 아이들에게 이젠 병원을 떠나야 한다고 했다.

"너희를 돌봐 줄 가족을 찾아볼게."

"우린 병원 바로 밖에 있을게요, 동생 근처에 있고 싶어요." 파르바나가 말했다.

간호사가 그들에게 편지를 써주었다.

"세계 식료품 회사가 난민촌 건너편에 빵집을 세웠어. 이 편지를 그 사람들에게 보여줘. 그러면 매일 조금씩 빵을 얻을 수 있을 거야. 그래, 거의 매일. 나도 너희에게 음식을 나누어줄게. 그러나 자주는 주지 못할 거야."

간호사가 말했다.

마지막 선물로 간호사는 그들에게 고무 시트를 주었다. 파르바나는 정말로 감사했다. 파르바나는 이것으로 집 짓는 법을 알고 있었다.

병원 밖으로 나온 파르바나는 난민촌과 병원 사이에 고무 시트를 쳐서 작은 텐트를 만들었다. 고무 시트는 충분히 남아서 바닥에도 깔 수 있었다.

"우린 여기 며칠밖에 있지 않았는데 벌써 음식도 집도 그리고 담요도 생겼어. 그리고 하싼은 간호사가 돌보고 있어."

파르바나는 목소리를 명랑하게 내려고 애썼다.

"난 여기가 싫어. 시끄럽고, 사람도 많고, 냄새도 많이 나. 푸른계곡으로 돌아가면 안 돼? 할머니도 살아있을지 몰라. 그래서 언덕 꼭대기에 앉아서 우리가 돌아오기를 기다리고 있을지도 모르잖아."

"우리는 여기서 겨울을 보낼 거야. 우리는 이제 가족이고 함께 붙어 있어야 해. 내가 제일 큰 언니야. 그러니 너희는 내가 하라는 대로 해야 해."

파르바나는 확고하게 말했다. 그러나 릴라에게 할머니가 죽었다는 사실을 상기시키지는 않았다.

또 더 걸을 힘이 없다는 것도 덧붙이지 않았다. 이만한 장소가 또 어디에 있겠는가! 주위에 어른들도 있고 규칙적으로 먹을 수 있는 음식도 있다. 이런 이유 때문이기도 하지만 파르바나는 그곳을 벗어나 어디로 가야 할지 몰랐다.

"내가 가서 빵을 가져올게."

아시프가 제안했다.

아시프는 방금 지은 집에 벌써 누워서 기침하고 있었다. 아시프와 릴라는 항상 기침을 했다.

"아니, 괜찮아. 내가 갖다 올게."

파르바나가 말했다.

물론 파르바나는 가고 싶지 않았다. 절망에 빠진 사람들을 헤치며 걷고 싶지 않았다. 그러나 파르바나는 빵이나 그 밖의 것을 구하려면 몇 시간 동안 줄을 서야 한다는 사실을 다른 난민촌에서 얻은 경험으로 알고 있었다. 아시프에게 그런 일을 하게 할 수는 없었다.

"너는 여기서 우리 물건을 보호해야 해."

파르바나는 아시프에게 말한 다음 릴라에게도 말했다.

"너도 여기 꼭 있어야 해. 그래서 한 사람이 잠을 자면 다른 사람이 물건을 지켜야 해."

파르바나는 밤까지 돌아오지 못할 거라고 말했다. 그리고 가방을 들고 간호사가 가리켜준 방향으로 걸어갔다.

파르바나는 매일 똑같은 일상으로 돌아갔다. 파르바나는 마치 꿈을 꾸는 것처럼 사람들을 헤치며 걷기 시작했다.

슈아우지아에게

밤에 잠을 잘 수가 없어. 잠깐 잠이 들면 그때마다 아시프가 기침을 하거나 릴라가 기침을 해. 아니면 그들이 악몽에 나타나 소리를 지르든지, 옆집 사람들이 고함을 치든지 해. 그래서 다시 깨어나. 낮에도 잘 수가 없어. 종일 줄을 서야 하기 때문이야.

종종 줄 서 있던 시간이 허사가 돼 버리기도 해.

세 번이나 내가 선 줄 앞에서 빵이 떨어져 버렸거든.

이틀 전에는 난민촌에 있는 캐나다 사람이 캐나다로 데리고 갈 사람들을 뽑으려고 한다는 소문도 있었어.

그래서 난 종일 그 줄에 서 있었는데 아무 일도 생기지 않았어. 다시 사람들은 다 흩어졌고, 난 정말로 캐나다 사람들이 이곳에 있는건지 그렇지 않은건지도 알아내지도 못했어. 어쨌든 그날 나는 빵을 얻는 줄에 서지도 못했어.

우리가 처음 이곳에 집을 세울 때만 해도 우리밖에 없었는데 그날 밤에 빵을 구해 돌아와 보니까, 우리 집 주위에 빈 땅이 거의 없어졌어. 그래서 처음에 난 집을 찾지 못해서 힘들게 여기저기 돌아다녀야 했어.

아시프의 기침은 점점 너 심해지고 릴라도 마찬가지야. 밤에는 날씨가 너무 추워. 다행히 하싼은 점점 나아지고 있어. 아시프는 릴라에게 집에서 물건을 지키라고 하고선 매일 한번 하싼을 만나러 가. 아시프는 하싼이 자신의 손가락을 잡을 수도 있고, 귀여운 표정을 지으면 따라 웃는다고 해. 또 하싼의 침대 밑에는 매트를 하나 더 갖다놓았고 그 위에 아기가 누워있대. 그러니까 간호사가 그곳에 우리가 있을 공간이 없다고 했던 말이 맞았어.

난 어디를 가든 엄마를 찾으려고 텐트를 이리저리 살펴봐. 그러나 대부분 줄 서는 데 시간을 보내. 너무 지쳐서 이제는 엄마를 찾을 거라는 희망도 없어. 내게 희망은 시간 낭비일 뿐이야.

간호사한테 들었는데 프랑스에는 정말 보라색 꽃으로 가득 찬 들판이 있대. 네가 그곳에 꼭 가기를 바라. 나도 그곳에 가고 싶어.

파르바나는 노트를 치우고 발을 쓱쓱 끌며 줄에서 몇 발자국 앞으로 나아갔다. 파르바나는 정말 감사해야 한다고 생각했다. 그들은 혼자가 되지도 않았고, 믿음직한 어른이 하싼을 돌봐주고 있으니까. 파르바나는 수평선 넘어 쭉 펼쳐진 넝마로 만든 텐트를 바라볼 때마다 더 감사하려고 노력했다.

"저…… 잠깐만, 이 줄은 뭐야?"

한 소년이 파르바나에게 물었다.

잠시 파르바나는 자기가 왜 그곳에 서 있었는지 기억을 해낼 수가 없었다. 그녀는 아주 오랫동안 이 줄에 서 있었다.

"물."

파르바나가 마침내 그 이유를 생각해냈다. 그녀는 누군가에게 구걸해서 얻은 텅 빈 식용유통을 들고 있었다.

마침내 그녀의 차례가 왔다. 파르바나는 가득 찬 물통을 챙겨들고 텐트로 돌아왔다.

폭격은 아직도 계속되고 있고, 피난민들은 계속해서 난민촌으로 들어왔다.

"왜 사람들은 여기로 꾸역꾸역 몰려오는 거야? 병원 건너편에 넓은 들판이 있는데 말이야. 왜 저기로 가지 않는 거지?"

파르바나는 새로 온 사람들이 자신들의 텐트를 위협하자 불평을 했다.

"그곳은 지뢰밭이야."

아시프가 말했다.

"어떻게 알아?"

아시프는 평소처럼 눈을 모로 뜨고 파르바나를 쳐다보았다.

"난 네가 모르는 것도 많이 알아."

파르바나는 마치 카불의 작은 방에서 가족과 같이 지내던 때로 돌아간 것 같았다. 노리아에게 화가 날 때에도 피해 갈 곳은 아무데도 없었다. 지금도 모든 땅에 텐트가 들어차 있어서 아시프를 피해 갈 곳은 아무데도 없다.

파르바나는 고무비닐로 만든 옆집이 펄럭이는 것을 보았다. 이웃집 텐트가 살짝 벌어져 있었나. 님지와 그의 아내는 파르바나가 알아들을 수 없는 말로 크게 다투고 있었다.

"Is this it?" 이게 뭐야?

파르바나는 그들이 무슨 말을 하고 있는지 궁금했다.

"Have I come so far, just to be here? Is this really my life?" 겨우 이곳에 있으려고 여기까지 온 줄 알아? 정말로 이게 내 인생이란 말이야?

20
릴라의 죽음

몇 주가 지나갔으며, 날씨는 점점 추워졌다. 난민들의 식량을 운반하던 차가 폭파되었기 때문에 아무것도 먹지 못한 채 며칠을 보냈다.

"지뢰밭이 우리에게 먹을 것을 줄지도 몰라."

릴라가 말했다.

"오! 그래, 그것으로 어떤 요리를 해 먹을까? 황당한 꿈같은 건 그만 꾸고 어서 자기나 해."

파르바나가 거칠게 말했다.

릴라가 울기 시작하자 파르바나는 텐트에 그녀를 홀로 남겨두고 밖으로 나왔다. 아시프는 하싼을 만나러 갔다. 하싼은 상태가 많이 좋아졌지만 그곳이 더 따뜻하고 안전했기 때문에 그냥 내버려 두었다. 파르바나는 하싼 걱정을 하지 않아도 되는 것이 기뻤다.

파르바나는 엄마를 찾는 척하면서 텐트 사이로 발을 동동 구르며 돌아다녔지만 사실 그것은 화를 삭이기 위한 행동이었다.

사람들이 씻지 못했기 때문에 난민촌에는 악취가 났다. 씻을 곳도 마땅히 없었지만 너무 추워서 물에 손을 댈 수조차 없었다. 파르바나는 스웨터나 숄도 없었다. 추위는 마음을 더 심란하게 했다.

"가리란 말이야! 넌 여자야. 가려야만 해!"

한 남자가 손바닥으로 파르바나를 때렸다.

'상관하지 마'. 파르바나는 속으로 생각했다. 그렇게 말한 사람이 처음은 아니었다. 파르바나도 가릴 것만 있었다면 가렸을 것이다. 물론 따뜻한 거라면 더더욱 좋고. 파르바나는 방향을 바꿔 다른 곳으로 걸어갔다.

여자들은 대부분 텐트 안에 있었고, 남자와 소년들은 아무 할 일이 없었기 때문에 밖으로 나와 공터가 있는 곳이면 어디에나 서서 무엇인가를 지켜보거나 기다리고 있었다. 파르바나가 가는 곳 어디에서나 기침소리와 울음소리가 들렸고, 더러운 염증과 콧물로 뒤범벅된 아이들이 보였다. 팔다리가 없거나, 정신을 잃은 사람들도 보았다. 이런 사람들은 혼자 떠들기도 했고, 울면서 이상한 춤을 추기도 하였다.

몇 주 동안을 그곳에 있었는데도 파르바나는 난민촌 전체를 다 보지 못했다. 어쩌면 그곳은 끝이 없는지도 몰랐다. 난민촌은 끊이지 않는 울음소리와 악취, 배고픈 사람들로 넘쳐나고 있었다.

한 남자가 아기를 데리고 걸어왔다.

"제발 이 애를 사세요. 전 가족을 먹여 살려야 합니다. 다른 아이들이 굶어죽고 있어요. 제발 이 애를 좀 사세요!"

남자가 애원했다.

어디선가 크고 절망적인 소리가 파르바나의 귀에 들렸다. 그 것은 바로 자신의 입에서 나는 탄식의 소리였다.

부르카 속에 얼굴을 숨긴 여자가 다가와 파르바나를 두 팔로 감싸면서 파슈토어로 뭐라 말하였다. 파르바나는 무슨 말을 하는지 이해할 수 없었지만 그 여자의 편안한 어깨에 살짝 기대었다. 잠시 후 여자는 서둘러 남편을 따라갔다.

아무것도 변한 것은 없었지만 갑자기 파르바나는 자신이 더 침착해지고 더 강해진 것 같았다. 릴라에게 화낸 것을 사과하고 그녀를 안아주려고 텐트로 돌아왔다.

그날 늦게 그들은 바로 머리 위에서 비행기 소리를 들었다.

"우리한테 폭탄을 떨어뜨릴 거야!"

릴라가 소리치면서 담요 속으로 숨었다.

"폭격용 비행기 같지 않은데. 나가서 보고 오자."

아시프가 말했다.

아시프와 파르바나는 텐트에서 나왔다. 하늘에서 작고 노란 물건들이 떨어지고 있었다.

"릴라, 어서 나와 봐! 괜찮아. 폭격이 아니야."

파르바나는 노란 물건 하나가 그리 멀지 않은 곳에 떨어지는 것을 보면서 소리쳤다.

난민촌 사람들은 한동안 하늘에서 떨어진 노란 물건이 혹시 폭발하지 않을까 조심하면서 쳐다보기만 하였다. 마침내 한 소년이 그 물건 앞으로 걸어가서 발로 차 본 다음, 주워들고는 손에 놓고 돌려보았다. 그리고 노란색 플라스틱 덮개를 열었다.

"먹을 거야!"

소년이 외쳤다. 다음 순간 소년은 노란색 덮개를 닫아 가슴에 안고 도망쳤다.

먹을 거라고! 파르바나는 땅에 떨어져 있는 노란 물건들을 잡으러 뛰어갔지만 다른 사람들도 그녀처럼 달려왔다. 물건 하나에 백 명쯤 되는 사람들이 달려드는 싸움이 일어났다. 파르바나는 사람들에게 밀려났고, 간신히 릴라와 아시프의 도움으로 살아났다.

"텐트로 돌아가는 게 좋겠어. 우리 몫은 없어."

파르바나가 말했다.

"저쪽에 노란색 물건이 많아. 마치 꽃 같아."

릴라가 지뢰밭을 가리키며 말했다.

파르바나는 그녀가 가리키는 곳을 보았다. 지뢰밭은 노란 점들로 가득했다.

아이들은 다시 한번 지뢰밭 가장자리로 몰려가는 군중에게 밀려났다. 파르바나와 일부 사람들은 안전지대와 위험지대를 분리하는 안전선까지 밀려나왔다.

"돌아와! 지뢰밭에서 나와! 위험해!"

안전요원들이 몽둥이를 들고 명령했다.

그러나 사람들은 계속해서 밀려왔다.

"저 음식이 필요해!"

"가족이 굶어 죽는다고!"

파르바나는 모두 같은 말을 외치며 울부짖는 소리를 들었다.

파르바나는 누군가가 팔을 세게 잡아당기는 것을 느꼈다. 그녀는 몸을 구부렸다.

"내가 저 음식 보따리를 갖고 올게. 지뢰밭은 절대로 날 해치지 않아."

릴라가 파르바나에게 귓속말로 말했다.

"안 돼. 내 옆에 꼭 붙어 있어."

사람들은 계속해서 난폭하게 떠밀면서 소리치고 있었다.

"내 말 들었어? 내 옆에 꼭 붙어 있어!"

파르바나가 릴라에게 소리쳤다.

"금방 돌아올게."

릴라는 어느새 쏜살같이 뛰어갔다.

파르바나는 사람 사이를 뚫고 들어가서 릴라의 팔을 잡았다. 릴라는 빠져나가려고 계속 몸부림쳤지만 파르바나는 잡은 팔을 놓지 않았다.

"여기서 릴라를 데리고 나가야 해. 멍청한 짓을 하기 전에!"

파르바나는 아시프에게 소리쳤다. 하지만 그녀의 말은 군중의 아우성에 파묻혀 사라졌다. 아시프는 파르바나가 무슨 말을 하는지 알아들을 수가 없어서 머리를 가로저었다. 파르바나가 숨을 깊게 들이쉬고는 다시 한번 크게 소리치려고 할 때 갑자기 지뢰밭에서 폭탄이 터졌다.

공포에 휩쓸린 파르바나는 꼭 잡고 있던 팔을 더 세게 잡아당겼다. 한 아이가 자신에게 쾅 부딪치며 끌려 왔다. 파르바나는 충격에 휩싸여 그 아이를 보았다.

릴라가 아니었다.

"릴라!"

파르바나는 안전선 쪽으로 몸을 내밀면서 소리 질렀다. 그때 파르바나는 지뢰밭에 넘어져 있는 릴라를 보았다.

군중은 조용해졌고, 파르바나는 릴라가 흐느끼는 소리를 들었다.

"아직 살아있어! 가서 구해 와야 해!"

파르바나가 외쳤다.

"지뢰 제거 팀이 올 때까지 기다려야 해."

지뢰밭 안전요원이 말했다.

"언제 오는데요?"

"우리도 이틀 전부터 기다리고 있어."

"내가 가서 데려올 거야!"

파르바나가 안전선 줄 밑으로 들어가기 시작했다. 안전요원
이 파르바나의 허리와 등을 잡아끌었다.

"넌 저 애를 돕지 못해! 너도 죽어!"

"저 애는 내 동생이야! 가게 내버려둬!"

아시프가 지팡이로 안전요원을 때리기 시작했다.

안전요원이 아시프가 내리치는 지팡이를 피하려고 팔을 들자,
파르바나는 재빨리 도망쳐 안전선 밑으로 살짝 빠져나갔다.

파르바나는 땅속에 심어놓은 지뢰를 생각하지도 않았다. 안
전선 뒤에서 소리치는 사람들의 목소리도 들리지 않았다. 오로
지 릴라만 생각했다.

마침내 파르바나는 릴라에게 다다랐다. 릴라는 배와 다리를
심하게 다쳐서 피범벅이 되어 있었다. 릴라는 파르바나를 보자
흐느껴 울었다.

파르바나는 곁에서 무릎을 꿇고 앉아서 그녀의 머리를 쓰다

듣어 주었다.

"이제 두려워하지 마."

파르바나는 릴라를 안고 지뢰밭을 걸어 난민촌으로 돌아왔다.

간호사 언니가 안전선에서 그들을 기다리고 있었다. 사람들은 파르바나가 릴라를 땅에 잘 내려놓도록 도와주었다. 파르바나는 앉아서 릴라 머리를 무릎 위에다 올려놓았다. 파르바나는 어렴풋이 아시프가 곁에 무릎을 꿇고 앉는 것을 느낄 수 있었고, 간호사 언니가 도우려 애쓴다는 것을 알 수 있었다.

릴라가 무언가 말을 하려고 했다. 파르바나는 몸을 굽혀 릴라가 하는 소리를 늘었다.

릴라의 목소리는 고통으로 가늘게 떨리고 있었다.

"그 노란색 통은 정말 예뻤어."

그리고 릴라는 죽었다.

파르바나 주위로 엄청난 숫자의 사람들이 소용돌이치기 시작했지만 파르바나를 건드리는 사람은 아무도 없었다. 아시프가 옆에서 울고 있었다. 사람들은 무슨 일이 생겼는지 보려고 서로 밀쳐대고 있었다. 파르바나는 슬픔과 절망에 몸부림쳤다. 마치 무서운 암흑에 빠진 것 같았다. 파르바나는 고개를 떨어뜨린 채 릴라의 얼굴을 바라보았다. 눈을 감겨주고 머리를 쓰다듬어 주었다.

"아이가 또 죽었어! 도대체 얼마나 많은 아프간 아이들이 죽어야 하는 거야? 도대체 이놈의 세상은 우리 아이들을 왜 이렇게 힘들게 하는 거야?"

한 여자가 소리쳤다.

여자는 릴라 옆에 무릎 꿇고 앉았다.

"이 애는 누구니?"

여자가 물었다.

"이 두 아이의 동생이에요."

누군가가 말했다.

"부모님은 어디 계시니? 엄마도 없이 죽은 아이에게 무엇을 해 줘야 하지?"

여자의 목소리가 파르바나의 암흑 속을 뚫고 들어왔다.

파르바나는 머리를 들었다. 익숙한 음성이다.

여자는 부르카를 입고 있었다.

파르바나는 손을 뻗어 부르카 앞을 들어 올렸다.

엄마의 얼굴이 파르바나를 바라보고 있었다.

파르바나는 울음을 터트렸다. 울고 또 울었다.

그녀는 울음을 그칠 생각조차 하지 못했다.

21
엄마를 만나다

 슈아우지아에게

또 다른 묘지에 앉아서 이 글을 쓴다.

이곳은 난민촌에서 가장 조용한 장소야.

난 엄마가 구해주신 따뜻한 스웨터를 입고 있어.

어제 릴라를 묻었어.

오래전 아버지 무덤에 한 것처럼 릴라 무덤에도 돌을 얹었어.

그러나 그때와는 달라. 지금 난 혼자가 아니거든. 가족을 찾았어.

엄마도, 노리아도, 마르얌도. 그리고 새 가족도 생겼잖아.

하싼과 아시프 말이야.

남동생 아리는 작년 겨울에 죽었대. 엄마 말씀으론 폐렴이었다는

데 확실치는 않대. 그때 의사가 없었으니까.

가족에게 아버지가 어떻게 돌아가셨는지 말했어.

엄마가 그 일은 내 잘못이 아니라고 했어.

아직 엄마에게 하지 못한 말이 많지만 천천히 하면 되지 뭐.

할 얘기가 진짜 많으니까.

정말로 우리가 만난 것은 우연이었어.

엄마 텐트는 난민촌에서 좀 떨어진 곳에 있었어.

엄마는 병원에 오기를 싫어하는 어떤 여자를 데리고 오던 길이었대.

그때 폭발소리를 듣고 달려온 거야.

난 결국 엄마를 알아봤어. 시간이 약간 걸리긴 했지만.

엄마와 노리아는 난민촌에 있는 비밀 여성단체 일원이야.

지금은 탈레반이 전쟁하느라고 너무 바빠서 난민촌에 있는 여자
들을 많이 괴롭히지는 않는 것 같아.

비밀 여성단체는 작은학교를 운영하고 있고, 필요한 물건을 구하
려고 노력하고 있어.

엄마는 노리아 언니가 특히 일을 잘한다고 했어.

난 어떻게 언니가 일하는지 보지 않아도 알 수 있어.

언니는 자기를 대장으로 인정해 주는 사람들한테만 잘할 거야.

언니는 아직 나한테 거들먹거리지 않지만 얼마 가지 못할 거야.

비열한 늙은 염소가 단지 시간이 좀 지났다고 온순한 비둘기로
바뀌지는 않듯이.

노리아 언니를 다시 욕할 수 있다는 게 정말 좋아!

이것은 적어도 내가 평범한 삶을 살고 있다는 증거야.

엄마에게 그동안 줄곧 내가 소중히 갖고 다녔던 잡지를 보여줬어.

그걸 본 엄마는 무척 흐뭇해 하셨어.

그리고 잡지를 난민촌에 있는 여자들과 돌려보았어.

그들을 격려하기 위해서야.

여기는 지금 여러 가지 소문이 들려.

폭격을 하는 게 미군이라는 사람들도 있고,

탈레반이 항복하고 카불을 떠났다고 말하는 사람들도 있어.

사람들은 많은 얘기를 해. 심지어 어떤 사람은 편안하게 어느 도시에 앉아서 버튼 하나만 눌러서 다른 도시를 파괴할 수 있다고 말하는 사람도 있어. 그러나 말도 안 되는 얘기라는 것을 난 알아.

"또 친구에게 편지 쓰니?"

아시프가 절뚝거리며 다가와 옆에 편히 앉았다.

파르바나는 아시프가 분위기를 파악해서 혼자 있게 해주길 바라면서 아무런 대답도 하지 않았다.

"너에게 친구가 있다는 게 놀라워. 그냥 네가 만든 가짜 친구지? 여태 쓴 편지는 다 너 자신한테 쓴 걸 거야."

아시프가 말했다.

"야, 저리 가."

파르바나가 말했다.

당연히 아시프는 그 자리에 그대로 있었다. 잠시 조용히 있더니 이내 말을 이었다.

"금방 네 엄마와 얘기했어. 네 언니와 동생하고도. 둘 다 너보다 훨씬 예쁘던데. 난 네가 그 사람들과 같은 가족이라는 게 믿기지 않아."

"너하고 노리아는 사이좋게 지낼걸. 정말 둘 다 참기 어려워."

파르바나가 말했다.

"가족과 함께 이곳에 있을 거지?"

"물론이지. 내가 뭐 때문에 그러지 않겠니?"

"저, 만약 내가 너와 네 가족과 함께 있을 거라고 생각한다면 그건 큰 오산이야."

또 시작이군, 파르바나는 생각했다.

"난 너에게 여기 있을 거냐고 물어본 기억이 없는데."

"내 말은 네 언니와 동생은 예쁘고, 네 엄마도 좋으신 분이지만 깊이 생각해보면 네 가족도 다 너만큼 미친 것 같아."

"아마도."

아시프는 다시 한동안 침묵을 지켰다. 파르바나는 아시프가 무슨 말을 할지 알고 있었다. 그래서 가만히 그 말이 나오기를 기다렸다.

"아마 넌 내가 떠나기를 바랄 거야. 그렇다고 인정하지그래?"

아시프가 말했다.

"그래, 난 네가 떠났으면 좋겠어."

"내가 떠나지 않으면 넌 아마 싫어할 거야."

"그래, 난 싫어."

"됐어, 그럼. 난 여기 있을 거야. 널 괴롭히려면."

아시프가 말했다.

파르바나는 웃었다. 그리고 다시 편지를 쓰기 시작했다.

기나긴 여정이었어. 하지만 아직 끝나지 않았어.

내 남은 삶을 이 난민촌에서 보낼 수는 없어.

그러나 어디로 가야 할까? 잘 모르겠어.

우리에게 무슨 일이 일어날까? 폭탄에 맞게 될까?

아니면 탈레반이 우리를 모두 죽일까?

그러면 우린 눈 속에 묻힌 채 영원히 사라지게 되겠지.

모든 것이 내일에 대한 걱정뿐이야.

오늘은 엄마, 언니, 마르얌, 아시프, 하싼 모두 같이 있지만.

네가 프랑스에 꼭 가기를 바라.

그곳에서 따뜻한 햇볕 아래 배고프지 않게 지냈으면 좋겠어.

보라색 꽃들로 둘러싸여 있기를 바랄게.

네가 행복하게 지내고 너무 외롭지 않기를 바라.

어떻게 해서라도 나도 꼭 프랑스에 갈 거야.

그래서 에펠탑 꼭대기에서 너를 기다릴 거야.

이제 20년도 채 남지 않았어.

그때까지 난 살아남을 거야.

너의 가장 친한 친구

파르바나

〈3권에 계속〉